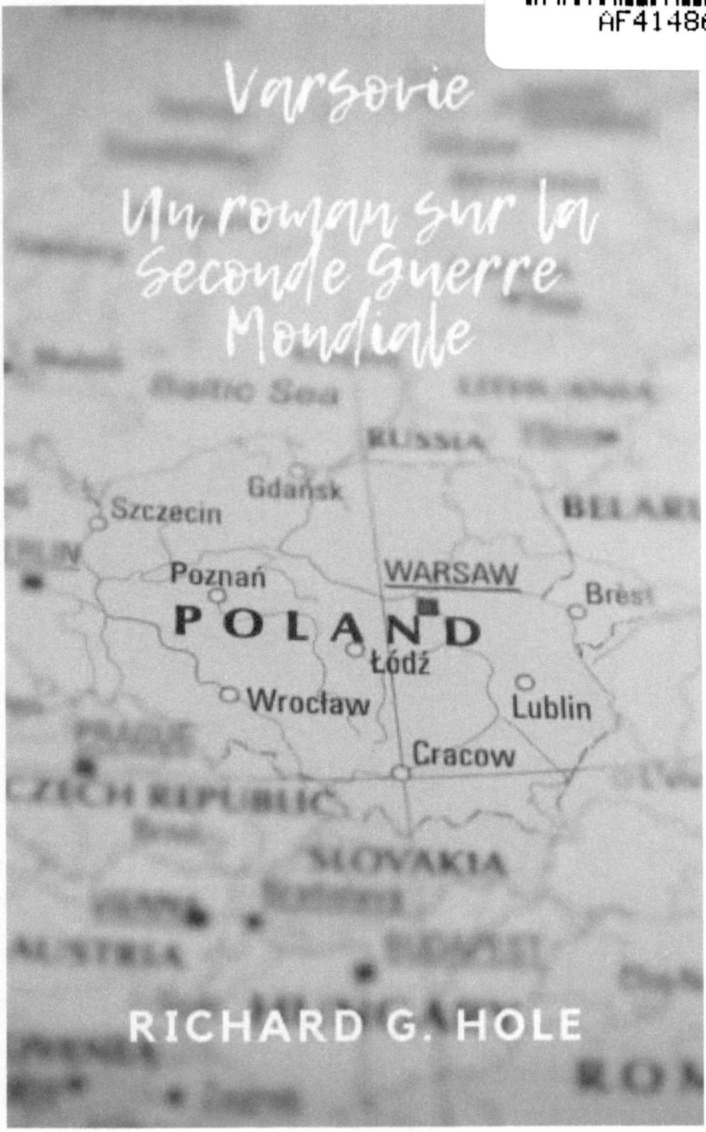
Varsovie
Un roman sur la Seconde Guerre Mondiale
Baltic Sea
RUSSIA
Gdansk
Szczecin
Poznań
WARSAW
POLAND
Brest
Łódź
Wrocław
Lublin
Cracow
SLOVAKIA
RICHARD G. HOLE

Varsovie
Un roman sur la Seconde Guerre Mondiale

Richard G. Hole

La Seconde Guerre Mondiale

SYNOPSIS

Le soulèvement, à Varsovie, de l'Armée de résistance clandestine polonaise est un acte d'armes qui s'est produit pendant la Seconde Guerre Mondiale, non sans importance.

La proximité des troupes russes donne aux Polonais des espoirs de succès et ils se soulèvent à Varsovie, confiants dans l'arrivée des soldats du maréchal Vatupin.

Pendant soixante-trois jours, Allemands et Polonais se sont battus avec acharnement pour la possession de la ville.

Le sort de Varsovie a continué à se jouer à travers l'histoire.

Varsovie est une histoire appartenant à la collection Seconde Guerre Mondiale, une série de romans de guerre développés pendant la Seconde Guerre Mondiale

VARSOVIE

CHAPITRE I

EN MARGE DE GUERRE

C'était froid. Aleska releva le col de son manteau d'été et marcha dans les rues. Les gens qui la dépassaient lui jetèrent un bref coup d'œil et continuèrent son chemin. Il commençait à faire nuit et la proximité de la guerre fit qu'en cette année 1943 dans la ville de Varsovie tout le monde se retirait le plus tôt possible.

Aleska avait terminé son travail dans les bureaux de la Swiss Washing Machine Company où se trouvaient ses services, et se rendait au rendez-vous qu'elle avait pris.

Avec elle, ils croisèrent plusieurs soldats allemands, ennuyés et désorientés, qui cherchaient un endroit pour s'amuser. L'un d'eux l'a arrêtée et lui a demandé dans un polonais approximatif :

« Tu ne peux pas nous dire où nous allons dîner ?

Aleska haussa les épaules et continua son chemin. De la rivière venait un fort courant d'air et une brume se levait qui se répandait dans les rues avoisinantes.

En traversant l'un des ponts de la Vistule, en direction du Stare Miasto de la population, il repéra une colonne militaire qui se dirigeait vers la gare, d'un pas rythmé, la tête haute et chantant fièrement.

Aleska frissonna, se blottissant dans son manteau. Malgré le mois de juillet, les nuits étaient fraîches. La fille ne prêtait aucune attention aux personnes qui la regardaient. Elle avait vingt-sept ans et était habituée à ce qui se passait. Grande, galbée et élancée, sa silhouette sportive et élégante a attiré l'attention dès son plus jeune âge. Son visage rose, aux traits classiques, exerçait une vive attraction sur les hommes, qui ne cessaient de louer ses yeux d'un bleu profond, ni ses lèvres rouges et bien dessinées. Ses cheveux blonds, d'un ton vieil or, étaient réunis en un chignon, qui venait de lui donner un air statuaire que son expression sincère et déterminée brisait.

Il traversa les ponts, se dirigeant vers le rendez-vous qu'il avait pris. Un gendarme lui fit signe, la forçant à s'arrêter. Des soldats et des troupes armés ont été vus dans des camions.

Aleska a montré son passeport et le gendarme l'a laissée passer après l'avoir saluée. Il a entendu un commentaire d'un citoyen au sujet d'un soldat allemand mort et d'une récente fusillade. Je n'y fais pas très attention, ne me sentant concerné que par le rendez-vous auquel elle se rendait et craignant que l'incident ne l'en empêche.

Le vieux quartier de Varsovie, avec ses rues étroites et sombres et ses immeubles sales, n'avait pas l'air joli. Mais la jeune fille continua tranquillement. Enfin, il arriva dans un restaurant large et profond.

Aleska s'avança vers lui, le regardant. La personne qu'il cherchait ne semblait pas être là et il s'assit à une table, commandant une tasse de thé noir. La clientèle était composée presque exclusivement de Polonais, dont quelques uniformes allemands.

Le grand comptoir, sur lequel se trouvait une énorme cafetière, était bondé de monde.

Des serveurs, vêtus de costumes anciens, arpentaient de table en table, au service de la clientèle. La fumée de cigare et le murmure de la conversation créaient une atmosphère épaisse.

Soudain, la porte de la rue s'ouvrit et un jeune nom, âgé d'environ vingt-trois ans, vêtu d'un imperméable en cuir et couvert d'un chapeau mou, entra dans les locaux, s'approchant du comptoir. Aleska le regarda à peine, gardant un œil sur son thé. L'homme jeta un coup d'œil autour de l'endroit puis s'appuya contre le comptoir. Il sortit une cigarette d'un paquet et l'alluma avec précaution, agitant l'allumette en l'air.

Quelques secondes plus tard, un autre homme est entré dans le restaurant. Il était grand et fort, élégant. Il aurait environ trente-deux ans. Elle portait un manteau de cuir, cintré à la taille et avait les cheveux blonds nus. Ses traits distingués étaient empreints d'énergie et d'audace, voilés par une expression amère et concentrée. Ses traits virils l'auraient toujours fait ressortir comme un bel homme. Ses pupilles claires avaient un regard droit et ferme. Son teint bronzé indiquait un homme habitué à la vie en plein air et quelque chose en lui trahissait le militaire professionnel.

Il s'approcha de la table où la jeune fille était assise. Il sourit en tendant la main.

Bonjour Aleska.

Elle répondit en agitant ses lèvres rouges :

Bonjour Stanislas.

Le nouveau venu s'assit à table et commanda un verre. Assis face à la porte à côté de la fille, il gardait sa main droite enfoncée dans la poche de son manteau. L'autre homme était au comptoir, dans la même position.

"Désolé si je suis en retard", a déclaré Stanislas, "mais la police exigeait des documents.

Aleska hocha la tête.

« Je les ai vus. J'avais peur que tu ne viennes pas au rendez-vous.

L'homme sourit en la regardant avec une tendresse mal dissimulée.

« Il faudrait beaucoup de soldats pour m'empêcher de vous rencontrer.

La jeune fille joua un instant avec sa cigarette, puis ajouta :

« Par Dieu, Stanislas, ne vous exposez pas inutilement.

« Penses-tu que te voir est une chose inutile ?

Aleska baissa les yeux un instant. Il tarda à répondre et finit par s'exclamer :

« Notre amitié est suffisamment large et sincère pour que je comprenne qu'un jour il vous sera peut-être impossible de venir.

"Amitié?

La question de Stanislas était si directe que la jeune fille ne sut que répondre. Puis il dit encore :

« Après tout, je suis un étranger.

Le Polonais hocha la tête.

«Heureusement, vous êtes étranger et, en tant que Suisse, vous n'êtes pas obligé d'adhérer à l'un ou l'autre camp. C'est une chance dans des moments comme celui-ci, pour une femme, de pouvoir rester en dehors de tout ce qui se passe.

Aleska haussa les épaules.

« De toute façon, je suis là et une amitié te rejoint.

« L'amitié ? répéta Stanislas.

Pour la deuxième fois, elle ne répondit pas. Changement de conversation, et le regardant fixement, demanda :

« Quand ce sera fini, que comptez-vous faire ?

Il haussa les épaules.

« Tout d'abord, je ne sais pas si cela finira un jour et si je serai en vie. Mais je peux vous assurer que je ne planifie plus l'avenir. Je croyais que les circonstances ne pouvaient pas abréger ma vie. Le capitaine Stychel de la cavalerie polonaise était sûr de lui. Puis la guerre a éclaté et j'ai dû mener mes lanciers contre les chars allemands. Je n'ai jamais cru que les circonstances me placeraient dans cette situation. Non, je ne fais pas de plans. Je vis au jour le jour et demain Stanislas Stychel fera ce que les circonstances dicteront.

Aleska hésita un instant.

« Si tu voulais, je pourrais te trouver un moyen de sortir de Pologne et d'aller en Suisse. Là, vous pourriez reconstruire votre vie ou marcher avec les troupes d'Anders.

Il a nié avec sa tête.

« Je suis ma chance, sans faire de plans. La réalité d'aujourd'hui prévaut.

CHAPITRE II

SUR SES GARDES

Le bâtiment Komandatur l'un des plus grands et des plus anciens bâtiments de Varsovie, il était entouré de voitures. Les troupes qui montaient la garde à l'extérieur du bâtiment semblaient nerveuses et agitées. Il y avait trop de responsables de catégorie, capables de découvrir un détail ennuyeux sur l'uniforme d'un soldat et de l'accuser d'une saison d'arrestation. Comme de bons vétérans, ils avaient deviné que cette journée allait être ennuyeuse, et ils ont poli leurs vêtements et leurs emblèmes en métal jusqu'à ce qu'ils brillent. Les bottes bien huilées ressemblaient à une réception.

Casques tenus par la jugulaire, les soldats sont restés immobiles, fusils sur les épaules, tandis que des personnages importants entraient et sortaient.

Une voiture de campagne s'est arrêtée, conduite par un soldat robuste au visage battu par le soleil et la neige, portant les emblèmes des stormtroopers. Le soldat a sauté à terre et a ouvert la porte. Un officier grand et élancé, à l'air distingué et à l'uniforme irréprochable, apparut, suivi d'un autre officier, plus jeune et d'allure sportive.

Le premier officier a rendu martialement le salut du conducteur et s'est dirigé vers le quartier général. Ses bottes brillaient et l'uniforme était bien coupé et adapté à sa silhouette athlétique. Sur ses épaulettes, il portait les emblèmes d'un lieutenant-colonel. Le bonnet tressé couvrait ses cheveux blonds et ombrageait son visage patiné de traits énergiques et virils. Sa mâchoire semblait agressive et dominante. Ses pupilles grises avaient un air hautain et droit. Une cicatrice courait de sa tempe à son menton, souvenir d'un combat. Il n'avait que trente ans et commandait le bataillon de choc stationné à Varsovie. Son nom Peter von Ritcher, représentait celui d'une vieille famille de junkers prussiens, tous militaires, et aussi celui d'un héros de toutes les campagnes menées par l'armée allemande dans cette guerre. Il avait commencé la guerre des lieutenants, mais il se distingua bientôt et reçut médailles et blessures. Les promotions ont été rapides, mais son caractère n'a pas changé le moins du monde, et tout comme le lieutenant von Ritcher avait été l'un des officiers les plus joyeux et les plus élégants de la société berlinoise, le lieutenant-colonel von Ritcher était toujours sur le terrain, préservant son vêtements et manières aristocratiques. Le bataillon qu'il commandait l'aurait suivi en enfer, et il n'y avait pas de soldat qui ne fût fier de lui obéir. Le lieutenant-colonel von Ritcher était toujours sur le terrain, préservant ses vêtements soignés et ses manières aristocratiques. Le bataillon qu'il commandait l'aurait suivi en enfer, et il n'y avait pas de soldat qui ne fût fier de lui obéir. Le lieutenant-colonel von Ritcher était toujours sur le terrain, préservant ses vêtements soignés et ses manières aristocratiques.

Il était suivi de son capitaine adjoint, Schulz, vingt-trois ans, qui n'était qu'un cadet lorsque les combats ont éclaté. Mais il avait fait un bon parcours et il était satisfait.

Un officier d'état-major a accueilli Peter à l'intérieur du bâtiment. Von Ritcher ôta sa casquette et demanda :

« M'ont-ils appelé pour m'informer du transfert ?

« Non monsieur. C'est une réunion importante. Le général vous attend.

Pierre grimaça et entra dans une vaste salle, couverte de plans de ville et dans laquelle s'étaient rassemblés les chefs de toutes les unités de garnison. Ritcher se dressa devant son général, un homme d'âge moyen, droit et bourru. Une fois assis, tandis que le général Schellenberg se préparait à parler, Peter surveillait les colonels et les lieutenants-colonels rassemblés. A côté du général se tenait un officier corpulent au visage aigri. C'était le colonel Haller, chef de la police. De l'autre côté se trouvait un major au visage gris et aux yeux blancs, portant l'uniforme de l'état-major.

C'était le major Gentzel, chef des services secrets, chargé d'entretenir la cohorte d'espions, de contre-espions, d'agents provocateurs et de confidents, répartis dans tout Varsovie.

Le général s'éclaircit la gorge et se mit à dire :

« La situation de la guerre sur le front de l'Est n'est pas des plus prometteuses pour nous. Les troupes russes avancent sur la Pologne et il faut s'attendre à ce qu'à mesure qu'elles se rapprochent de Varsovie, la situation ici deviendra plus difficile. Les forces de l'armée clandestine seront prêtes à se soulever dès que les Russes seront suffisamment éloignés pour les aider. On sait qu'ils ont reçu beaucoup de matériel par avion et qu'il y a une grande inquiétude parmi les éléments de l'Armée Clandestine. En revanche, cette agitation se devine dans l'environnement. Le général Bor-Komorowski, le leader polonais, doit se préparer à un soulèvement. Il faut s'attendre à ce que les attaques et les actes de sabotage se multiplient.

« Notre situation, si proche d'un front qui s'approche, fait de nous la plaque tournante des communications. Il faut cependant éviter que le sabotage et les attentats puissent empêcher le transport de troupes, de vivres ou de munitions, d'être interrompu. Regardez sans relâche et préparez vos forces pour tout événement.

« En cas de soulèvement, chacun serait indiqué un secteur de la ville, à l'exception du lieutenant-colonel von Ritcher, qui marcherait avec son unité vers l'endroit le plus dangereux ou par lequel il fallait attaquer. Mais nous quitterons tous la vieille ville pour nous retirer vers la périphérie. Ensuite, nous facturerions la population. Nous ne sommes pas intéressés à laisser des poches de résistance qui réduiraient notre nombre et entraîneraient des sacrifices inutiles. "Le général s'est arrêté puis a ajouté," le major Gentzel s'adressera à vous.

L'officier impénétrable se leva et commença à dire :

« Les agents et confidents que nous avons parmi les forces clandestines polonaises nous informent qu'il y a beaucoup d'activité parmi eux. Des événements sont attendus d'un instant à l'autre et ils ont reçu de nombreuses armes. Le général Bor-Komorowski semble être à Varsovie, mais nous n'avons encore rien accompli. Nous sommes également intéressés à localiser un colonel polonais qui est surnommé « SS Colonel ». Ce sont les données dont nous disposons et qui confirment que d'un moment à l'autre, en fonction des événements de la guerre, la montée des troupes clandestines va se développer.

Le major Gentzel se tut et le général dit, clôturant la réunion :

« Ils recevront les ordres qu'ils doivent suivre en temps opportun. Trois fois par jour, ils contacteront ce Commandement, pour les prévenir de toute nouvelle. Bonjour.

Les officiers se levèrent, se préparant à partir. Ritcher s'approcha du général, se ressaisissant. Il sourit en tendant la main.

"Bonjour, Peter" dit-il familièrement. Bien que j'ose à peine vous traiter avec une telle confiance. Vous êtes un sacré lieutenant-colonel. As-tu reçu une lettre de ton père ?

— Oui, mon général. Il continue de commander son corps d'armée en Russie. J'aimerais y retourner, monsieur.

Schellenberg secoua la tête.

« J'ai vu votre demande, mais je ne peux pas y répondre, Varsovie, vous l'avez déjà entendue, elle est d'une grande importance pour nous. C'est presque l'avant et je suis intéressé de vous avoir ici. Vous vous êtes spécialisé dans les coups et les ouvertures. Vous êtes un officier pratique dans les opérations dangereuses et ce sera précisément le genre de guerre que vous connaissez. Non, Peter, tu n'es pas à l'arrière.

Ritcher soupira.

« Comme ordonné, mon général. Mais je n'aime pas être flic.

Le colonel Haller, qui avait entendu la conversation, s'écria :

« Bientôt, il ne s'agira plus de la police, Ritcher, mais des soldats. Ne remarquez-vous pas quelque chose d'étrange dans l'environnement ?

Pierre hocha la tête.

CHAPITRE III

SOUS L'OMBRE DE LA NUIT

Varsovie se reposait sous le ciel couvert. La lune s'était cachée derrière les nuages et une épaisse obscurité planait sur la ville. Au loin, vers la frontière russe, les routes de la guerre s'étiraient et la nuit les trains transportant des troupes sifflaient.

Aux abords de Varsovie, à l'écart des patrouilles, s'étendait une forêt épaisse et dense. Les chemins nous obligeaient à marcher en file indienne, ou éparpillés dans les arbres. Il était facile de tendre une embuscade, mais de temps en temps, les troupes allemandes se précipitaient pour lui, à la recherche de partisans ou de fugitifs.

Trois hommes apparurent allongés au sol, les fusils à bout de bras. Leurs vêtements civils les ont trahis en tant que membres de l'armée clandestine polonaise.

Les trois hommes étaient silencieux, regardant au loin. Un peu plus loin, trois autres montaient la garde derrière un gros chêne.

Les postes de garde étaient agrandis, afin de pouvoir donner l'alarme avant tout danger.

Dans la forêt se dessinaient les contours d'un vaste et sombre édifice. Cela ressemblait à une ferme abandonnée. A la porte, deux hommes armés de mitraillettes au bras faisaient les cent pas en silence, guettant tout signe de danger.

Un grand nombre d'hommes étaient rassemblés à l'intérieur du bâtiment. La pièce, éclairée par des lanternes à pétrole, paraissait hermétiquement close, sans que l'éclat des illuminations ne filtre par une seule ouverture.

Les personnes qui s'y réunissaient étaient de conditions très différentes. Certains étaient plus âgés, durs et déterminés, comme s'ils étaient des ouvriers d'usine ou des paysans de la périphérie de Varsovie.

D'autres ressemblaient à des employés de différentes entreprises. L'un s'est distingué par ses vêtements élégants et sa manière distinguée.

Sur leurs manteaux et imperméables, ils portaient des cartouchières et sur leurs épaules ils portaient un fusil ou une mitraillette.

D'autres étaient jeunes et vigoureux, et certains, en nombre considérable, presque des enfants. Mais ils avaient tous des expressions déterminées et énergiques.

Au centre de la pièce se trouvaient trois hommes. L'un d'eux était Stanislas Stychel. A sa droite se tenait Noraczewski et à sa gauche un homme durci aux cheveux gris. C'était un ancien sous-officier des Uhlans, métallurgiste pendant la paix. Il s'appelle Dmowaki.

Il annonça, d'une voix habituée à commander :

"Le colonel S. S, va les passer en revue. Préparez-vous.

Puis il fit un signe de tête à son supérieur.

« Merci, major.

Stanislas s'approcha des hommes et examina les armes. D'un geste naturel, ils lui montrèrent le fusil ou la mitraillette puis le matériel qu'ils possédaient. Stychel corrigeait les défauts qu'il trouvait ou félicitait l'homme dont les armes étaient en règle.

Dmowaki a réprimandé les chefs de compagnie, selon les observations du colonel.

Stanislas, pour une raison quelconque, se souvenait du changement dans sa vie au cours de ces années. Au cours de la courte mais époustouflante campagne de Pologne, il avait rencontré l'officier marinier Dmowaki, un volontaire de la première heure. Son dynamisme et sa détermination l'ont impressionné. Plus tard, lorsque l'armée fut vaincue et dispersée, lorsque commença l'organisation des troupes clandestines, qui n'étaient d'abord que des bandes de désespérés ou de maraudeurs, elles parvinrent à retrouver le sous-officier. Petit à petit, tous deux gagnaient en diplôme et en expérience. Ensuite, Dmowaki était plus âgé et son commandant en second de ce groupe de combattants.

L'heure tant attendue du soulèvement contre les troupes d'occupation semblait approcher. Mais il n'y avait qu'un nuage dans l'âme de Stanislas. Le soulèvement pouvait avoir une mauvaise issue ou il pouvait s'agir d'une aventure dans laquelle personne ne savait ce qu'il exposait. Que deviendrait Aleska ?

Il passa sa main sur son front, pour conjurer ces pensées. Seul le devoir devrait lui être important. Le reste, il n'avait rien de commun avec eux. Ils étaient membres d'une armée et dans leur discipline ils devaient vivre.

Après avoir passé en revue la troupe, il se tenait au centre et examinait ses subordonnés.

"Les garçons", commença-t-il à dire, "vous savez, parce que vous pouvez voir dans l'atmosphère que les forces russes avancent vers la Pologne. Le cœur de notre patrie est Varsovie, et nous sommes intéressés à l'occuper nous-mêmes avant eux. Par conséquent, à l'approche de la frontière polonaise, nous nous lèverons en armes et occuperons la capitale. Ensuite, nous rassemblerons toutes les forces partisanes de la Pologne, pour former une nouvelle armée. L'heure approche. Soyez prêt. Pendant ce temps, des actes de le sabotage et les attentats peuvent augmenter.Vous avez presque tous une expérience en la matière, mais vous devez la connaître plus à fond.

Il y eut un long silence, et peu après un homme maigre en manteau de fourrure s'avança.

"Vous parlez, capitaine" invita Stychel.

« Mon colonel, nous avons des fusils et des armes automatiques légères, qui seront très utiles pour les attaques et les combats au corps à corps. Mais en cas de soulèvement, nous aurons besoin d'équipements lourds et d'armes d'accompagnement. Je suppose que vous y avez déjà pensé, mais je pense qu'il est de mon devoir de le dire.

Stanislas hocha la tête.

« C'est prévu. Cet armement existe et tout est prêt à être distribué au moment précis. N'oubliez pas que vous avez été fait pour apprendre son maniement.

Le capitaine baissa la tête et répondit :

« Merci mille fois, mon colonel.

Stychel a poursuivi en disant:

« La garnison de Varsovie n'est pas composée, comme il y a longtemps, uniquement de troupes d'ordre public et de police. Le commandement allemand, qui connaît leur métier, a compris la situation difficile dans laquelle une avancée russe les placerait et l'a renforcé avec des troupes de première ligne, dont un bataillon de choc aguerri et vétéran. C'est celui qui devrait nous préoccuper le plus. Ce sont des hommes habitués aux attaques au corps à corps et par surprise. Dans une ville, ils se battraient avec le même avantage que nous. D'autre part, leur patron, le lieutenant-colonel von Ritcher, a la réputation bien établie d'être courageux et audacieux. Il semble qu'il enseigne à ses troupes à connaître la ville en profondeur, afin que rien ne puisse leur faire défaut. Nous devons être prudents avec cet homme. Essayez de le reconnaître tout de suite.

Un autre officier s'avança.

« Comment pouvons-nous faire, mon colonel ?

« Il s'appelle Peter von Ritcher. Il sera un peu plus jeune que moi. Grand, fort et sportif. C'est un homme serein, qui ne change jamais l'expression de son visage. Essayez d'aller assister à l'entraînement de ses troupes ou à la relève de la garde. Il est toujours là. Gravez ses traits en mémoire, pour quand l'ordre sera donné de le supprimer.

Ils hochèrent tous la tête en silence. Dans l'esprit des hommes rassemblés passait l'image d'eux-mêmes combattant au milieu de la rue et luttant contre les envahisseurs.

Stanislas a ajouté :

« Maintenant, retournez chez vous et préparez-vous.

CHAPITRE IV

INTERMÉDIAIRE SENTIMENTAL

Le dimanche, un soleil d'été brillait.

Les arbres élevaient leurs branches vertes vers le ciel. Rien ne semblait indiquer que les troupes se battaient et s'entretuaient au loin. Il n'y avait que de temps en temps un murmure lointain et étouffé. C'étaient des canons de gros calibre.

Stanislas et Aleska marchaient dans la forêt en se regardant et en riant. Ils avaient décidé de quitter Varsovie ce dimanche et d'aller se reposer à la campagne.

Aleska souriait en regardant le panorama.

"C'est très différent de la Suisse", a-t-il déclaré.

Stanislas hocha la tête.

« La Pologne ne ressemble à aucune des terres qui l'entourent. Peut-être seulement dans les zones frontalières de la Prusse orientale et de la Russie. Mais c'est différent. Il a quelque chose qui nous rend aussi différent.

La fille hocha la tête.

« Et où allons-nous manger ?

« Il y a une auberge près d'ici, où tout ira bien.

Aleska hésita un instant.

« Ne serait-il pas préférable d'aller manger à la campagne ?

Mais il a insisté.

« On sera mieux là-bas.

Ils suivirent un moment en silence, comme si elle avait été agacée par l'entêtement du jeune homme. Au bout d'un moment, la fille sourit.

« Je suis convaincu que nous serons très bien.

Il acquiesca.

« Les plats polonais vous seront sûrement étranges, mais ils y sont très bien assaisonnés. Et si vous restez en Pologne, vous devez apprendre à les aimer.

Aleska éclata de rire.

«Heureusement, ils sont suisses à la pension et nous continuons à manger à la maison.

Le jeune homme resta silencieux un instant.

« À la maison », répéta-t-il.

Soudain, une colonne motorisée allemande a été vue avançant sur la route. Les soldats chantaient, assis dans les véhicules. Stanislas les contempla en silence et, mordant les mots, s'écria :

« Nous allons bientôt vous expulser de Pologne.

Aleska se tourna vers lui, surprise. Stychel sourit, comme pour lui faire oublier ce qu'il avait dit.

Ils étaient déjà au parador, une vieille bâtisse nichée au milieu de quelques arbres, non loin de la route. La propriétaire, une vieille femme déterminée et souriante, les a installés à une table, se préparant à leur servir à manger. Le serveur arriva bientôt.

Parmi la clientèle, il y avait un couple d'officiers allemands et des soldats discutant avec des filles.

Stanislas se tut. Ils ont bu quelques verres d'alcool puis la nourriture a été servie. Les deux jeunes gens riaient, causaient avec animation, comme si de rien n'était. Mais on pouvait voir dans leurs attitudes que quelque chose s'était mis entre eux. Stanislas et Aleska semblaient tous deux inquiets et nerveux, en partie inconscients de la compagnie de l'autre.

Soudain, Stanislas proposa :

« Allons nous promener, d'accord ?

Les deux jeunes gens s'éloignèrent de l'auberge, en silence. Stanislas alluma une cigarette et contempla la plaine verdoyante qui s'étendait au loin. Il n'y avait que des prés, des prés et des arbres autour des maisons. Mais ses hommes et ses groupes de partisans qui harcelaient les troupes allemandes s'y cachaient.

Puis il se tourna pour regarder Varsovie. Les toits des immeubles s'élevaient vers le ciel. Les célèbres coupoles de la cathédrale Saint-Jean se démarquaient de toutes les autres.

Ce devait être son champ de bataille.

Il se tourna vers la fille, réalisant qu'elle le regardait. Ces yeux bleus ont touché son cœur. Il ressentit à nouveau l'excitation qu'il avait éprouvée le premier jour où il avait vu Aleska.

Elle aurait pu deviner ce qu'il ressentait, car elle sourit en posant sa main sur le bras du jeune homme.

Stanislas lui prit la main et s'écria :

« Aleska, je ne sais pas ce qui va se passer.

"Parce que tu l'as dit ?

Il haussa les épaules.

« La guerre est une aventure et personne ne sait comment elle se terminera.

Après une brève pause, comme pour bien souligner les mots, la jeune fille ajouta :

« Mais vous n'êtes pas dans la guerre. Celui-ci s'est terminé pour vous.

Il a détourné la conversation.

« En Pologne, il y a la guerre et il n'est pas facile de savoir ce qui va se passer. Il y a donc une chose que j'aimerais que vous sachiez au cas où quelque chose arriverait.

Aleska releva la tête, entre curieuse et effrayée.

"Qu'est-ce que c'est?

Stanislas serra plus fort la main de la fille, puis dit :

« Aleska, ce n'est pas difficile de réaliser ce qui m'arrive. Je suis tombé amoureux de toi.

Aleska fixa sur lui ses prunelles bleues, pleines de tendresse.

"C'est vrai?

"Oui, Aleska" répondit-il en s'approchant. Je t'aime de toute mon âme.

La jeune fille le regarda en silence, puis, levant les bras, murmura :
"Stanislas, mon amour.

Ils s'embrassèrent passionnément, tandis qu'elle posait sa tête sur l'épaule du jeune homme. Stychel l'embrassa sur les joues en marmonnant :

« Je voudrais vous offrir le meilleur du monde et je ne peux ni dire ni penser à l'avenir.

La fille l'embrassa sur la bouche, ajoutant :
"Ne parle pas de l'avenir. Tu as raison. La guerre est une aventure incertaine.

Ensemble, ils retournèrent à l'auberge. Ils restèrent assis à table, se regardant dans les yeux et souriant. Leurs mains étaient liées et tout leur était étranger.

"Heureusement," dit encore le jeune homme, "vous appartenez à une nation neutre et rien de tout cela ne peut vous affecter.

Elle le réprimanda affectueusement :
«Nous avons décidé de ne pas parler du tout de l'avenir ou des circonstances actuelles. Souviens toi.

Le jeune homme hocha la tête et ses pupilles se durcirent soudain. Elle suivit instinctivement le regard de Stychel. Noraczewski était arrivé à l'auberge, dans une petite voiture. Souriant, il s'approcha de la table et salua les deux jeunes hommes.

"Quelle coïncidence de te trouver ici" dit-il.

Stanislas hocha la tête.

"Comment ça va?

« Je suis venu chercher un de mes cousins et j'y retourne ; Varsovie. Si tu veux, je t'emmènerai avec moi.

Stychel hocha la tête.

CHAPITRE V

AVANT LA RÉALITÉ

L'infirmier, sur un signal du major Gentzel, ouvrit la porte. Le militaire sourit légèrement et se leva en tendant la main.

« Asseyez-vous, mademoiselle.

Aleska salua ses remerciements et obéit. Le bureau du chef des services secrets était sombre. La rue était toujours animée de passants et de badauds. Mais même cette chambre tout était voilé et caché, comme si le mystère dans lequel ils travaillaient les isolait du monde.

Le major Gentzel essuya une tache sur son uniforme soigné et demanda ensuite :

« Tu voulais me voir ?

Aleska prit un moment pour répondre.

"Oui" dit-il enfin. J'ai des rapports importants à vous communiquer.

Gentzel sortit une page et un stylo, se préparant à les écrire.

« Dites, mademoiselle. Je ferai les annotations moi-même. Je ne veux pas que quelqu'un la voie ici. Vous faites un travail très utile.

Aleska se tourna pour regarder les meubles simples de ce bureau et se dit que c'était la réalité. Il n'y avait que cette chambre simple et austère qui comptait.

« Je sais que les forces clandestines préparent quelque chose d'important.

Gentzel hocha la tête, ajoutant :

« On y va par parties. Tout d'abord, comment le savez-vous ?

Elle, le visage impassible, expliqua :

« J'étais en compagnie de Stanislas Stychel toute la journée. Nous avons parlé et il m'a fait comprendre que les événements allaient venir.

Gentzel prit quelques notes et demanda à nouveau :

« De quel genre ? Il peut s'agir d'attentats ou d'une recrudescence d'actes de sabotage.

Elle secoua la tête.

«Je suis enclin à croire qu'il s'agit de quelque chose de plus important.

Gentzel hocha la tête.

« Un soulèvement, alors ? Intéressant.

"Souviens-toi" interrompit Aleska "c'est juste une impression de moi.

« Vos commentaires ont toujours été très utiles. Et l'idée d'un soulèvement n'est pas déraisonnable.

"Il y a autre chose", a-t-elle poursuivi, évoquant l'intérêt de Stanislas à séjourner dans cette auberge et l'apparition inattendue de Noraczewski pour l'emmener à Varsovie.

Gentzel alluma une cigarette, après en avoir offert une autre à Aleska, et se tut un instant.

« Ces données sont intéressantes, dit-il enfin. Par un autre canal, nous avions des confidences que l'arrivée d'un chef important était attendue. Bien que nous ne sachions pas exactement quel patron est celui qui arrive. On ne sait pas s'il s'agit du général Komorowski ou du colonel SS" Il s'arrêta à nouveau puis demanda :

"Tu n'as aucune idée ?

Aleska secoua la tête.

« Non, je n'ai pas non plus pu identifier ce colonel.

Gentzel joua un instant avec le stylo, puis s'exclama :

« Bien sûr, ce n'est qu'un calcul, ou plutôt une supposition, mais le colonel SS ne pourrait-il pas être votre ami Stanislas Stychel ? Il a les mêmes initiales.

Aleska, imperturbable, haussa les épaules.

"Je l'ignore.

« Eh bien, nous allons vous laisser partir de toute façon, et vous essayez de découvrir ce que vous pouvez. Son travail est toujours aussi magnifique.

* * *

Aleska, dans son appartement, termina la tasse de thé noir qu'elle avait commandée pour le dîner et s'allongea sur le lit. Il voulait juste fermer les yeux et attendre que les événements se déroulent. Sa volonté pour rien, compta-t-il, poussé par deux forces différentes, comme le devoir et l'amour.

Elle était venue à Varsovie en tant qu'agent des services secrets de son pays, se faisant passer pour une Suisse. Il avait étudié dans ce pays, puis, grâce aux services secrets, il a obtenu un emploi à Lucerne. Là, il avait commencé sa carrière en tant qu'agent. Elle était en fait une espionne. Jamais auparavant le mot infâme n'avait été répété, mais à ce moment il réalisa ce que c'était vraiment.

Lorsque le conflit a éclaté, elle voulait servir l'Allemagne d'une manière ou d'une autre et il lui a semblé qu'entrer comme infirmière ou comme téléphoniste pour les forces armées ne suffisait pas. Il y avait beaucoup de femmes qui pouvaient le faire. Mais elle appartenait à une famille de soldats et voulait servir comme l'un d'entre eux. Il n'avait pas peur et il était intelligent. Offert à l'Abwehr.

Ses proches lui avaient conseillé de ne pas le faire, mais elle était catégorique. Une fois admis, ces mêmes proches, tous militaires, lui rappellent que le devoir est quelque chose qui est avant tout une considération personnelle. De Suisse, ayant découvert un réseau d'espionnage, il se rend en France puis dans les Balkans. Finalement, ils l'envoyèrent à Varsovie avec la tâche de découvrir tout ce qui concernait l'armée clandestine.

Ils lui avaient donné des documents suisses et un travail dans une entreprise suisse, pour couvrir les apparences. Le reste était entre ses mains. Le major Gentzel la connaissait depuis longtemps et avait une grande estime pour elle.

Cela lui laissait aussi une totale liberté dans ses mouvements, lui rappelant qu'il avait toujours su réussir. Avec les rapports que l'Abwehr avait fournis, Aleska s'est impliquée avec les nationalistes.

Le combat s'établit dans les mêmes conditions. Si elle était un agent qui cachait sa personnalité, ils cachaient aussi la leur, et tout en se faisant passer pour de simples employés ou ouvriers, ils cachaient l'arme offensive dans leur maison, attendant le moment d'attaquer l'ennemi. Des actes de sabotage et des attaques se produisaient en permanence. Aleska n'avait aucun scrupule à combattre ces civils qui avaient déclaré la guerre aux soldats de leur patrie.

Un jour, il rencontre Stanislas Stychel. Il devina qu'il était un personnage important dans les rangs ennemis et devint intime avec lui. Stanislas ne cachait pas ses opinions.

Mais alors qu'ils devenaient intimes, Aleska s'est rendu compte, bien qu'elle ne veuille pas l'admettre, qu'elle tombait amoureuse de cet homme. Il luttait désespérément contre ce sentiment.

Il comprenait, il l'aimait aussi. Et cet après-midi-là, ils s'étaient avoués leur amour.

Il aurait dû lui dire qu'il ne l'aimait pas, mais il n'avait pas la force de le faire. Et pourtant, il l'avait encore une fois trahi à ses supérieurs.

Peut-être que le major Gentzel déciderait de le capturer, puis, avec sa déclaration, il serait envoyé dans un camp de prisonniers ou peut-être fusillé comme tireur d'élite.

Il se couvrit le front avec ses mains. "Que pouvais-je faire?" Aurait-il été préférable qu'elle se sépare de Stanislas, qu'il l'oublie, pour lui demander un autre destin ? Cela équivaudrait à faire défection. Ou aurait-elle dû garder le silence sur ce qu'il lui avait révélé ?

Cela aurait été de la trahison. Désespérée, elle enfouit son visage dans l'oreiller, fondant en larmes.

CHAPITRE VI

LES PRÉPARATIFS

Stanislas marchait dans l'étroit couloir, conduit par un grand homme musclé dans son imperméable de cuir. Il devait montrer sa documentation et donner le mot de passe pour passer.

Ils arrivèrent enfin à une grande cave à la porte de laquelle deux hommes en civil montaient la garde avec des armes automatiques.

L'escorte de Stychel salua le chef de la garde et annonça :

"Le colonel SS

Le chef de la garde vérifia l'identité du nouveau venu puis sourit en s'excusant :

« Il faut prendre beaucoup de précautions.

— Je comprends, dit Stanislas.

Peu de temps après, il pénétra dans une grande cave mal éclairée. Plusieurs hommes s'y étaient rassemblés.

Ils étaient tous habillés en civil, portant des manteaux à col de fourrure, effilochés par l'usage, ou des imperméables en cuir. Tous montraient sur leur visage les signes d'une vie active et intense, pleine de dangers. Jeunes ou entre deux âges, ils avaient tous en commun le geste dur et le regard droit et flamboyant.

Leurs vêtements aussi parfois ne correspondaient pas aux traits distingués de leurs visages. Beaucoup d'entre eux, qui portaient des costumes miteux, avaient des traits élégants.

Au centre se trouvait un homme maigre, avec une peau bronzée et des cheveux clairs, une expression fraîche et froide et un air déterminé. C'était le général Bor-Komorowski, et les hommes qui composaient son état-major, chefs d'unité pour la plupart.

Stanislas s'assit sur un tiroir, comme on le lui avait demandé. Le général se leva et s'éclaircit la gorge. Puis il disait :

« Les circonstances peuvent nous aider ou nous blesser, selon la façon dont nous nous comportons.

Sa voix sèche et claire a insufflé une vague d'enthousiasme à ses partisans. Cet homme était un militaire de carrière. Lieutenant-colonel quand éclata l'invasion de la Pologne, il avait été un obscur chef de régiment oublié parmi les centaines d'unités qui combattirent sur le double front contre les Allemands et les Russes.

A la fin de la campagne, il réussit à s'évader vers les camps de prisonniers et commença à préparer le combat clandestin. Peu à peu ses exploits donnaient à sa figure une aura d'héroïsme, et le gouvernement en exil à Londres avait des nouvelles de l'existence du colonel Bor-Komorowski, il reçut le commandement des forces à Varsovie, sa performance pendant ces années avait été un continuel succession d'évasions et d'héroïsme, jusqu'à ce que les deux groupes qui opéraient dans cette zone soient réunis.

Ni sa silhouette ni son apparence n'impliquaient son courage et sa détermination.

« Nous avons » dit « des ordres précis pour anticiper les Russes et conquérir Varsovie pour présenter une armée polonaise aux côtés des troupes alliées. Les forces du général Anders seraient transportées en Pologne. Mais nous devons agir avant que les Russes ne franchissent la frontière polonaise. Par conséquent, j'ai décidé que nous nous soulevions contre les troupes d'occupation.

Il y avait un mouvement d'enthousiasme parmi ceux qui l'écoutaient. Ni l'un ni l'autre ne pensa aux dangers auxquels il allait faire face. Si le général l'ordonnait, ils attaqueraient le Komandatur à la sortie.

"Nous avons du matériel abondant" a poursuivi Bor-Komorowski "et avec suffisamment de volontaires. Vraisemblablement, une fois qu'ils seront en place, une grande partie de la population nous rejoindra, il est donc important d'avoir des armes pour eux. Il ne faut pas penser aux Allemands. dépôts d'armes, puisque le général Schellenberg aura mis en place ses dispositions en cas de prise de contrôle de la ville. Le jour du soulèvement "continué après une pause", les groupes de partisans opérant dans les environs de la ville se rassembleront à Varsovie. Le reste doivent intensifier leur combat contre les troupes ennemies, pour empêcher des renforts de venir au secours de la garnison.

« De même, au cours des jours restants, certains groupes mèneront diverses actions visant à entraver la répression du soulèvement. Je vais vous donner des ordres précis, mais je peux vous dire que parmi ces actes figure l'attaque contre le chef de l'armée allemande. "Il s'est encore arrêté et a ajouté," Il me dégoûte autant que vous, mais il doit être anéanti. Il s'agit du lieutenant-colonel von Ritcher. Vos troupes ont été très efficaces dans la poursuite de nos hommes et il faut l'empêcher. Je pense que le colonel S, S. devrait être chargé de commander ces groupes.

Stanislas hocha la tête.

« Je ferai tout ce que vous commandez, monsieur le général.

Bor-Komorowski a poursuivi :

« La date du soulèvement sera le 1er août. Notre objectif est de paralyser la garnison allemande, c'est pourquoi, d'abord, il faut couper toute communication par la Vistule puis occuper les gares. Le soulèvement commencera au centre du Stare Miasto, c'est-à-dire exactement sur la place du marché, sur la place Piekielko et dans la cathédrale. De là, ils partiront vers les deux endroits indiqués ci-dessus. Couper la Vistule par la rue Svelna et par le pont Alexandre ceux qui se rendent dans le quartier de Prague. Le premier sera sous le commandement du major H. et le second, qui devra être en charge de la défense de tout un quartier, du colonel SS

Ceux indiqués ont accepté, en prenant des données dans une page. Puis le général reprit :

« Les forces du colonel« Demain » marcheront vers Nowe Miasto, rue Miodewa. La plus grande "Nuit" s'occupera du quartier de Cracovie, par la place Sajorna. Le plus gros Bolis avancera vers le Nowy Swiat et descendra l'avenue Ujazdow. Gardez à l'esprit que dans ces quartiers plus modernes, il sera très difficile de vaincre les Allemands, qui, comme les rues sont plus larges, pourront mieux déployer leurs troupes. Pour cette raison, nous allons faire des vieux quartiers un point fort, y établir nos bases. Le colonel "Wladimir" sera en charge de ces quartiers modernes.

Il marqua une pause puis demanda :

« Y a-t-il une question ?

Stanislas se leva.

« Je voudrais savoir si nous devons nous battre jusqu'à ce que les Allemands quittent Varsovie ou s'il y a un accord pour recevoir de l'aide.

Le général hocha la tête.

« Il y a un accord très vague sur l'aide. Comme je vous l'ai dit, il s'agit de débarquer les forces du général Anders. En revanche, il est préférable que nous comptions expulser les Allemands et pouvoir rassembler tous les groupes partisans à Varsovie. Gardez à l'esprit que Varsovie est une plaque tournante des communications et qu'en les coupant, les Allemands ne pourront pas envoyer de troupes pour lutter contre les Russes. S'ils sont entre deux feux, ils devront se rendre, ce qui n'est pas facile, ou tenter de sauver le plus de forces possible, en évacuant le secteur. Rien de plus. Gardez en tête ce que vous avez à faire et répartissez vos forces pour que le coup ne manque pas. Gardez à l'esprit que c'est le sort de la Pologne.

CHAPITRE VII

AVANT LA MORT

Peter fredonnait une chanson, assis dans une tente. La nuit s'étendait sur Varsovie. En raison de la proximité du front, l'éclairage public était éteint, car les avions russes bombardaient fréquemment. A travers les rues sombres, la voiture filait vers les quartiers du lieutenant-colonel.

Jüp, l'infirmier herculéen, conduisait le véhicule en sifflant joyeusement. A côté de Peter, le capitaine Schulz, son assistant, était silencieux. Le jeune officier était inquiet. Il n'aimait pas ce service, mais comme son patron, il obéissait aux ordres. D'un autre côté, il était conscient que des événements importants se préparaient et sentait qu'il n'était pas en première ligne.

Il aurait aimé être comme son patron, qui ne laissait jamais entrevoir ses pensées et qui ne dérangeait jamais sa sérénité.

Comme chaque nuit, ils sont rentrés à la caserne après avoir séjourné avec d'autres officiers dans une boîte de nuit de la périphérie.

De temps en temps, la lueur de la cigarette qu'il fumait éclairait le visage du lieutenant-colonel von Ritcher.

Le bruit du moteur montait dans le silence de la nuit, avançant vers l'intérieur du quartier où s'élevait la caserne.

Stanislas, caché dans un coin, s'humecta les lèvres. Au fond de la poche de son imperméable en cuir, il gardait le pistolet.

Stychel jeta un coup d'œil aux hommes, dix en tout, qui se tenaient à une courte distance derrière les maisons. Un autre groupe, un peu plus important, était disposé de manière à avertir de l'arrivée de toute patrouille allemande.

C'était le moment choisi pour préparer l'attaque contre le lieutenant-colonel von Ritcher. Stanislas éprouvait un certain dégoût pour ce travail, mais il se souvenait des paroles du général. Cet officier devait cesser de capturer des groupes de partisans.

Le capitaine Noraczewski se tenait à côté de lui, immobile et silencieux. Les Polonais savaient que le colonel passait toutes les nuits et que, comme s'il voulait défier un danger possible, il ne modifiait ni ne modifiait sa route.

Un partisan s'est approché en disant :

« Monsieur le colonel ; ça arrive.

Stanislas se pencha vers son subordonné.

« Êtes-vous sûr que c'est le colonel von Ritcher ?

« C'est une voiture de campagne allemande. Nous ne pouvons pas nous tromper.

"Accepter.

Stanislas s'est approché de la route et a vu le véhicule avancer à vive allure. Ses hommes étaient postés, armant leurs armes. Une charrette tirée par un vieux cheval traversa la rue à ce moment-là et une roue sembla se briser. Il fut arrêté, empêchant le passage, tandis que le charretier faisait semblant de se battre avec la voiture.

Jüp se tourna vers Peter en disant :

« Il y a une voiture arrêtée.

"Eh bien" répondit le jeune homme. Levez-vous et demandez si nous pouvons vous aider.

L'infirmier a arrêté le véhicule et a passé la tête par la fenêtre. En mauvais polonais, il demanda :

"Nous pouvons vous aider ? Que se passe-t-il ?

L'homme fit semblant de ne pas l'entendre et se retourna, debout derrière la voiture.

Stanislas fit un signe de la main et un partisan appuya sur la détente d'une mitraillette. Il a fait claquer le pistolet, aspergeant la voiture de plomb.

Jüp grogna et s'exclama :

« Ils nous attaquent, mon lieutenant-colonel.

Il ouvrit la portière de la voiture et se glissa dehors, serrant la mitraillette à côté de lui.

Schulz a dégainé l'automatique, se préparant à affronter les assaillants. Pierre vient de dire :

« Cachons-nous derrière la voiture.

Les autres partisans prirent les armes, commençant à tirer sur la voiture. Stanislas les encouragea à haute voix :

"Allons-y les gars. Terminez le plus tôt possible.

Ritcher est sorti de la voiture sans retirer la cigarette de ses lèvres. Les volutes de fumée s'élevaient vers le ciel et la lueur du cigare illuminait son visage. Pistolet en main, il s'est caché derrière la voiture et a commencé à tirer. Schulz, à côté de lui, continue de tirer sur les assaillants, qu'il ne voit pas.

Les partisans avançaient, se dispersant pour offrir moins de cible. Ils se sont cachés derrière les coins et les caractéristiques du terrain. Le lieutenant-colonel devait être tué au plus vite, car les coups de feu attireraient l'attention de la patrouille allemande.

Stanislas distingua la silhouette mince et élégante de Ritcher, rentré dans son manteau et couvert de sa casquette militaire. La cigarette pendait de ses lèvres, le révélant dans la lueur, mais il tirait toujours, comme s'il s'entraînait à la cible.

Soudain, un partisan s'est effondré en criant de douleur, Jüp a pointé la mitraillette dans un coin et a appuyé sur la gâchette. Le cliquetis disparut, noyé par le grondement des armes. Mais il y eut plusieurs cris de douleur.

"Bravo, Jüp" s'exclama Peter. Chaque jour, vous avez un meilleur objectif.

Une silhouette se déplaça au loin et Peter tira deux fois avec le pistolet.

A côté de Stychel, Noraczewski s'est effondré, touché à une épaule. Stanislas se pencha pour le ramasser. Les blessés devaient en être évacués avant l'arrivée des patrouilles allemandes.

Un partisan a pris une grenade et l'a lancée de plein fouet sur la voiture. Il y a eu une explosion et les trois Allemands ont percuté le véhicule.

Peter leva la tête pour voir ce qui s'était passé. Jüp se tordait de douleur sur le sol. Pierre, sans lâcher le fusil, se pencha vers lui en disant :

« Schulz, prenez la mitrailleuse.

Le capitaine obéit en tirant sur les partisans. Ritcher fit redresser le soldat.

"Comment vas-tu mec ?

Les yeux du soldat se plissèrent.

« Ils m'ont baisé, mon lieutenant-colonel. Mais j'en ai pris de l'avance.

"Ne bouge pas. Nous allons te guérir.

Peter s'assit, jetant la cigarette presque consommée au sol. Plusieurs partisans, touchés par les tirs du capitaine, gisaient au sol. Ritcher a riposté.

Un partisan s'approcha de Stanislas.

« Les sentinelles préviennent que des patrouilles allemandes approchent.

"C'est bon. Nous allons nous retirer !

La nouvelle se répandit et les partisans s'éloignèrent, emportant les blessés, tandis que les sifflets des patrouilles ennemies retentissaient au loin.

Pierre leva la tête. L'attaque était déjà passée. Il sortit une cigarette et l'alluma, la plaçant entre les lèvres du blessé.

« Un peu de calme Jüp. Ils sont là et nous vous guérirons.

CHAPITRE VIII

PEUT-ÊTRE POUR LA DERNIÈRE FOIS

Noraczewski se redressa dans son lit et demanda :

« Quand puis-je sortir d'ici ?

Le médecin, également membre de l'armée clandestine, sourit.

« Bientôt, ne vous fâchez pas.

Stanislas accompagna le docteur jusqu'à la porte. Il a souri.

« D'ici le 1er août, tout ira bien.

Stanislas hocha la tête en fermant la porte. Puis il revint vers le blessé. Le capitaine supplia :

« Dites-moi la vérité, colonel.

"Oui mec. Que tu peux nous rejoindre. Il reste encore trois jours.

* * *

Peter posa la main sur sa visière alors qu'il passait devant le cercueil contenant les restes de Jüp. Il était mort. Son infirmier, le fidèle compagnon de ses heures de combat, était parti à jamais. Il était son agent de liaison lorsque la guerre a éclaté et il ne commandait qu'une seule compagnie. Elle n'a jamais voulu se séparer de lui et alors la mort, l'éternelle compagne du soldat, a emporté le fidèle Jüp. Ce que des batailles de l'ampleur de Moscou et de Dunkerque n'ont pas réussi, une embuscade de partisans l'a fait.

Les tambours battaient, tandis que le cercueil devait être enterré. Les notes tristes et martiales de « J'avais un camarade » s'élevaient au-dessus du cimetière. Pierre, ferme, la main sur la visière, faisait ses adieux à son frère d'armes.

* * *

Stanislas regarda sa montre. Aleska était en retard. Il était dans le même restaurant où ils se rencontraient, et bien qu'on lui ait ordonné de ne pas sortir seul, il était venu la rencontrer. Le capitaine n'est pas sorti du lit et ne voulait pas que quelqu'un d'autre la connaisse.

Le jeune homme comprit qu'il pouvait être dangereux pour la jeune fille de traverser ces rues étroites, tout excitées qu'elles soient. On pouvait la prendre pour de l'allemand et les jours précédents il y avait eu plusieurs altercations. Mais il ne pouvait pas rester plus longtemps sans la voir.

La porte s'ouvrit et Aleska entra dans le restaurant en souriant. Le jeune homme lui serra la main.

« Sortons d'ici » proposa-t-il. L'ambiance est très chargée.

Elle hocha la tête et ensemble ils sortirent dans la rue. Les bâtiments de la vieille ville étaient rapprochés, empêchant le passage des véhicules. Stanislas se dit qu'il serait facile d'y combattre les troupes allemandes.

Soudain, il sentit la main de la fille se poser sur son bras. Il se tourna vers elle en lui souriant.

« Qu'est-ce qui ne va pas ? demanda Aleska. Vous semblez inquiet.

Stanislas sourit.

« Rien ne m'arrive.

Ils continuèrent leur chemin en silence, jusqu'à ce qu'ils atteignent un autre restaurant, presque vide. Un serveur en frac usé les fit asseoir à une extrémité de la pièce.

Ils se regardèrent en silence en souriant. Aleska leva la main pour lui caresser la joue.

« Pourquoi ne me dis-tu pas ce que tu as ?

Le jeune homme accentua son sourire en secouant la tête.

« C'est juste que rien ne m'arrive. Tout est votre figuration.

Le serveur leur a servi les boissons, inconscient de tout ce qui n'était pas son travail.

Aleska lui caressa le front en disant :

« Vous semblez inquiet. Vous avez le regard fixe, comme si quelque chose vous obsédait.

Le jeune homme secoua la tête.

« Eh bien, oui : je suis préoccupé par la guerre. Personne ne sait comment cela va se terminer.

Elle a souri.

« En cela, je ne peux pas vous soulager. Je ne connais rien aux guerres ou aux choses militaires.

Stanislas hocha la tête.

« Dont je suis très heureux. Depuis que je suis enfant, je n'ai rien fait d'autre que m'occuper de questions militaires. "Il a fait une pause et a ajouté," La seule chose qui compte vraiment, c'est que je t'aime beaucoup.

Aleska sourit en s'approchant de lui.

"Moi aussi ma chérie. Je n'avais jamais pensé à venir à Varsovie et je ne pouvais pas imaginer que j'allais donner mon cœur ici.

Le jeune homme lui serra la main puis ajouta :

"Mais j'ai peur que...

Elle lui couvrit la bouche avec ses mains.

« Tu ne devrais t'inquiéter de rien. Nous nous aimons et nous sommes heureux. Le reste ne devrait même pas être mentionné.

Les heures passaient lentement entre eux. Stanislas n'arrivait pas à se faire l'idée que c'était la dernière fois qu'ils s'étaient vus. Dans les trois jours, ils se lèveraient les armes contre la garnison allemande et se battraient jusqu'à ce qu'ils prennent le contrôle de la ville. Il ne pouvait pas penser à elle jusqu'au moment où il avait gagné. Pendant les batailles qui suivraient le soulèvement, beaucoup de choses pourraient arriver et il pourrait mourir. Mais c'était la chance des soldats.

Il n'allait rien dire à Aleska sur le soulèvement, ni sur le danger qui pouvait survenir. Il découvrirait déjà ce qui se passait.

Au cours des trois prochains jours, il serait trop occupé pour la voir et devrait concentrer toute son attention sur les événements à venir.

Mais l'idée que peut-être, même si elle l'ignorait, cet entretien était un adieu, lui serrait le cœur comme une pierre. Il serra étroitement les mains de la fille, essayant de contrôler son malaise. Il n'avait qu'à penser au travail qui l'attendait. Il en connaissait l'importance et ne voulait pas échouer.

Enfin, ils réalisèrent l'heure tardive et Aleska prévint :

« Ce serait pratique pour moi de rentrer à la maison. Il est tard et les patrouilles allemandes demandent la documentation.

Stychel hocha la tête. Il se leva et posa quelques pièces sur la table. Puis il prit la fille par le bras et sortit dans la rue.

Ils continuèrent un moment en silence. Enfin le jeune homme s'écria :

« Aleska, je dois quitter Varsovie. Je t'appelle dès mon retour.

La fille hocha la tête. Le Polonais a encore dit :

« La guerre est très proche de Varsovie. S'il se passe quelque chose, quel qu'il soit, réfugiez-vous à l'Ambassade de votre pays.

Aleska le regarda avec étonnement.

« Que peut-il arriver ?

Il s'excusa :

« Si les Allemands se repliaient et que la ville n'était pas gardée, les indésirables pilleraient. Pendant les bombardements, il est également possible qu'ils le fassent. Me promets-tu que tu feras attention ?

"Bien sûr.

Ils étaient arrivés aux abords de la pension où elle habitait. Le jeune homme l'embrassa sur la joue puis la regarda s'éloigner, jusqu'à ce qu'elle se perde dans les ténèbres de la nuit. Il devait réussir au plus vite pour pouvoir la rejoindre. Peut-être, se dit-il, ne la reverrait-il plus jamais. Il fit un effort, arrachant tout sauf le soulèvement à venir de son esprit.

CHAPITRE IX

LA NUIT DU 1 AOT

Cette nuit-là, dans de nombreuses maisons de Varsovie, personne ne dormit. D'autres ont continué leur vie comme d'habitude, ne comprenant pas ce qui allait arriver.

Mais dans de nombreuses maisons, des femmes et des enfants se sont rassemblés autour des images, priant pour les hommes qui ont quitté leurs maisons et ont marché pour se rassembler au Stare Miasto.

De nombreux rebelles ne sont pas rentrés chez eux, se réunissant dans des bars et des tavernes à proximité.

Peu à peu, les heures de la nuit se rapprochaient de Varsovie, étendant les ombres sur les ruelles médiévales étroites. Certains se cachaient dans la résidence des compagnons attendant le moment d'aller au rendez-vous avec la mort et l'aventure.

Dans les centres d'armes, les sentinelles se léchaient les lèvres, espérant distribuer les fusils et les mitrailleuses aux combattants.

Les chefs étudièrent les plans et relisèrent les ordres, se préparant à les exécuter.

Un silence nerveux et menaçant se répandit dans tout le Stare Miasto. Un silence qui annonçait la mort et la destruction.

Les patrouilles allemandes poursuivent leur route, fusils à l'épaule, regardant de gauche à droite, suivant les ordres sévères qu'elles ont reçus.

Dans leur appartement, Stanislas, Dmowaki et Noraczewski fumaient en silence, attendaient, attendaient.

Stychel se souvint une fois de plus d'Aleska, confiant qu'ils se reverraient bientôt.

Enfin, Dmowaki s'exclama :

« Il est temps maintenant.

Ils descendirent du sol, enfilant leurs imperméables. La nuit imposait un vêtement chaud. Les trois empochèrent leurs pistolets, se préparant à affronter le danger.

Tout au long du Stare Miasto, les hommes impliqués dans le soulèvement marchaient vers les points de rencontre. A travers les rues étroites, ils avançaient par groupes de trois ou quatre, essayant d'éviter les patrouilles allemandes, et se dirigeaient vers leurs points de concentration.

A l'heure dite, les différentes unités s'étaient rassemblées aux intersections qui menaient à la place du marché, à la place de la cathédrale et à la place Piekielko.

Puis les chefs des forces apparurent. Ils sont allés à pied, puisque les voitures ne pouvaient pas s'y déplacer, et ils se sont dirigés vers leurs points de concentration. Pendant ce temps, dans un ancien entrepôt, le général Bor-Komorowski, entouré de son état-major, attend le moment de commencer la bataille.

A l'heure dite du soulèvement, un tapageur « Vive la Pologne ! Se fit entendre dans les ruelles du centre de la Vieille Ville, et les rebelles, déjà équipés de leurs armes, traversant leurs holsters, manteaux et imperméables, avancèrent pour occuper des positions stratégiques.

Les chefs, équipés comme eux, brandissaient leurs pistolets, se dirigeant vers les lieux qu'il fallait conquérir. Dans les immeubles voisins des trois places, les locataires regardaient avec étonnement ce qui se passait.

Beaucoup se sont précipités pour rejoindre les rebelles.

Dans les ruelles proches des places mentionnées, les avant-gardes des rebelles sont entrées en collision avec des patrouilles ennemies.

Des coups de feu se sont croisés et des bombes à main ont explosé. Des combattants des deux côtés sont tombés, mais les patrouilles ont été contraintes de fuir ou de se dissoudre. Petit à petit, les rebelles se sont déployés dans toute la Vieille Ville. Des postes de police et des détachements de troupes étaient encerclés par des hommes armés qui leur tiraient furieusement dessus. Les chefs de poste ont téléphoné à leurs supérieurs, les informant de ce qui se passait.

Les chefs des partisans, dans les maisons précédemment choisies, plantaient des mitrailleuses et des mortiers, de sorte qu'ils dominaient les ruelles qui y atteignaient et empêchaient l'avancée des Allemands.

D'autres ont érigé des barricades aux croisements de rues, les construisant avec des pavés et des meubles pris de n'importe où. Des mitrailleuses, des mortiers et des canons légers y étaient également montés, attendant l'avance ennemie.

Les chefs occupaient les centraux téléphoniques et choisissaient des lieux pour établir des hôpitaux et des entrepôts de quartier-maître.

Des volontaires sont venus de toute la vieille ville pour rejoindre les rangs de l'armée clandestine. Dans les parties de la ville où les forces rebelles n'étaient pas encore arrivées, les volontaires qui n'avaient pas assisté à la réunion ont attendu le moment de rejoindre leurs compagnons.

C'étaient les détachements destinés à combattre les Allemands en les attaquant par derrière, une fois que les forces rebelles y étaient arrivées.

La marée armée se répandait de manière incontrôlable à travers la ville, la secouant de ses coups de feu.

Le commandement allemand, prévenu par téléphone de ce qui se passait, se réunit à la Komandatur. Le général Schellenberg a rallié ses subordonnés, se préparant à faire face au soulèvement.

Tous étaient présents, équipés de leurs casques de guerre et de leurs armes. Seul von Ritcher, son casque sur les genoux et sa cigarette entre les lèvres, semblait prêt à assister à une réception.

Schellenberg demanda tout d'abord :

« Les ordres que j'ai donnés ont-ils été exécutés ?

Les chefs se levèrent un à un et rapportèrent que les unités, sous le commandement du second chef, s'étaient repliées vers la périphérie. Les groupes encerclés se battaient désespérément, tentant de résister ou de percer. Varsovie était encerclée par un cordon de troupes allemandes.

Schellenberg a expliqué :

« Nous sommes avant tout intéressés à maintenir les communications sur la Vistule et à garder la gare entre nos mains pour pouvoir continuer à surveiller la situation et disposer de moyens de transport rapides. Le central téléphonique, dans la mesure du possible, nous intéresse également, afin de ne pas perdre le contact. Dans tous les cas, les troupes de communication installeront des lignes téléphoniques de fortune. Les barils de poudre sont entre nos mains, ainsi que les hôpitaux. Que chaque boss reste à sa place, empêchant l'ennemi d'avancer. Il faut dominer la ligne de la Vistule et chasser les rebelles de l'autre rive.

Ritcher se leva.

« N'allons-nous pas essayer de sauver les troupes encerclées ? Ce sont des soldats qui se battent et peuvent attendre l'aide de leurs compagnons d'armes.

Schellenberg passa sa main sur ses yeux.

« Je ne pense pas que ce soit possible. Vous, Ritcher, renforcerez le secteur de Prague, pour empêcher la conquête de la gare. Renvoyez chacun à vos postes de commandement et maintenez la communication avec moi.

Les chefs saluèrent, se préparant à partir. Le général fit signe au jeune homme.

"Peter" s'est exclamé ", ne pense pas que cela ne me fasse pas de mal de quitter ces garçons. Mais nous avertirons les rebelles de respecter la vie des prisonniers.

"S'ils ne se conforment pas, ils se souviendront de von Ritcher", a déclaré Peter, son visage serein modifié pour la première fois.

CHAPITRE X

AVALANCHE

Les forces du major H se sont rassemblées à côté d'une petite place près de la rue Scelna. La brise du fleuve s'approcha d'eux et ils virent les bâtiments surplombant la Vistule.

Le major H, un homme petit et costaud, passe en revue ses volontaires et déploie un groupe important d'avant-garde, armé de ses mitraillettes.

Ils avancèrent dans la rue Scelna, accrochés aux murs. Il était facile de rencontrer une patrouille allemande ou un détachement de troupes.

La voie était libre. Ils comprirent bientôt qu'il riait, avec les bateaux amarrés aux quais. Environ cinq policiers allemands y montaient la garde, brandissant leurs fusils. Le chef de l'avant-garde fit un signe et les armes se mirent à aboyer. Deux policiers se sont effondrés sans vie, tandis que les trois autres ont couru pour se défendre. Des coups de feu grondent, tandis que les rebelles se répartissent le long du quai, s'assurant qu'il n'y a plus d'adversaires. Les trois policiers, abrités derrière des ballots, se sont battus désespérément mais avec ténacité.

D'autres groupes du major H étaient entrés dans les bâtiments surplombant la Vistule et y avaient planté des mitrailleuses et des mortiers lourds, dominant tout le fleuve. Ils pourraient atteindre la rive opposée.

Lorsque le major H avec ses forces a atteint le quai, les trois policiers avaient déjà été anéantis.

Le major désigna les barges les plus puissantes et fit planter des mitrailleuses à l'avant.

Pendant ce temps, d'autres étaient déployés le long du quai, se préparant à repousser toute attaque ennemie. De l'autre côté de la rivière se dressaient les bâtiments de Nowe Miasto, se reflétant dans l'eau.

Cette voie navigable était le moyen le plus rapide et le plus court pour transporter des troupes et de la nourriture d'un bout à l'autre de la ville.

Le major H hésita un instant. Il avait étudié son plan d'attaque maintes et maintes fois, jusqu'à ce qu'il connaisse les moindres détails par cœur, et pourtant il était maintenant indécis. Dans les différentes tentatives pour conquérir l'autre rive du non, il pourrait perdre beaucoup de monde. Il contemplait ces garçons pleins d'enthousiasme et de ferveur, qui pourraient bientôt mourir. Et peut-être qu'ils sont tous tombés dans son erreur.

Enfin, il les fit monter à bord des bateaux et leur ordonna d'avancer. À son tour, l'aîné a sauté sur l'un d'eux. Ceux qui sont restés sur le rivage les renvoyèrent en agitant les mains, tandis que des étages ils agitaient leurs bonnets en l'air.

Les chaloupes étaient en mouvement, se dirigeant vers le rivage voisin. Les hommes à l'intérieur se léchèrent les lèvres en caressant leurs armes.

Les barges les plus proches arrêtèrent leurs moteurs et attendirent l'élan pour les porter à terre. Soudain, un coup de tonnerre de fusil éclata sur les quais. Les mitrailleuses cliquetaient, envoyant des charges mortelles vers les lancements. Les hommes se sont étendus à l'intérieur des bateaux, attendant le moment de sauter à terre. Certains ont été touchés. On a vu comment une barge, dont les flancs ont été entaillés par le feu ennemi, a chaviré lorsque ses occupants ont sauté à l'eau.

Enfin, les premiers bateaux touchèrent le rivage. Ses occupants ont sauté à terre. Les silhouettes des Allemands chargeant ont été vues. Des fusils ont aboyé et des grenades à main ont explosé.

Les insurgés attaquèrent avec fureur, se couchant sur le quai pour mieux tirer. Peu à peu, ils s'affirmaient sur le quai. Des mitrailleuses plantées sur les barges ont ouvert le feu.

Les hommes débarqués commencèrent à se disperser le long du quai, combattant avec les Allemands. Des grenades à main ont explosé et des fusils et des armes automatiques ont claqué, tandis que les combattants s'affrontaient fréquemment. Soudain, un groupe important de civils armés s'est précipité sur les lieux du combat, attaquant les Allemands par derrière. Ce sont les forces de ce secteur, qui se joignent au combat, selon les ordres reçus.

Le major H distribua ses hommes et dressa des barricades, se préparant à défendre la place conquise. Les lancements allemands ne doivent pas être autorisés à continuer sur le fleuve.

Pendant ce temps, de nouveaux volontaires, non inclus dans l'armée clandestine, se rendaient aux postes et aux barricades. Ils recevaient les armes des Allemands capturés ou tués ou étaient envoyés à des postes de commandement, où ils pouvaient être armés et encadrés.

Les forces du colonel Tomorrow, un homme herculéen souriant, descendaient la rue Miodewa, se dirigeant vers Nowe Miasto. Les forces allemandes durent battre en retraite pour éviter d'être encerclées par les attaques des deux colonnes de volontaires qui menaçaient de les enfermer dans un sac. Le colonel "Demain" avançait dans l'ancien quartier résidentiel, qui se dressait autrefois hors des murs, et avançait coin par coin et rue par rue. Ils parviennent bientôt à établir le contact avec les troupes du major H.

Le quartier de Cracovie offrait quelques difficultés.

L'aîné des « Nuits », un homme mince et brun, mais qui savait tirer le meilleur parti des troupes qu'il commandait. Les rues qui allaient de la place du château à la place de Saxe avaient été un point de concentration pour les forces de police et les troupes qui se promenaient dans la ville. Là, ils se sont battus désespérément, se retirant en ordre juste sur la place de Saxe. Après le monument à José Pomatowski, des groupes ont été placés, prêts à mourir en tuant.

La plus grosse "Nuit" les détruisait groupe par groupe, diminuait leur résistance et nettoyait les rues. Enfin, le drapeau polonais a été hissé sur le monument José Pomatowski.

Nowy Swiat et Ujazdow Avenue étaient difficiles à conquérir. Le major Bolis, jeune, bien planté et déterminé, manœuvrait ses troupes à travers les larges artères et jardins qui les entouraient. A partir de là, le combat était moins facile. Il fallait changer de tactique et jeter les hommes vers les maisons pour qu'une fois conquis ils tirent dans la rue et forcent les Allemands à battre en retraite.

Le plus difficile fut la conquête des Quartiers Modernes. Les rues larges et dégagées n'offraient pas une grande protection aux troupes du colonel Wladimir. Il a dû répartir ses troupes en petits groupes et les envoyer à l'assaut, en attaquant les forces qui leur offraient une résistance. Les rues parallèles à la Vistule sont devenues un champ de bataille. Les rebelles ont pris les voitures et les camions qu'ils ont trouvés, les transformant en places fortes, afin qu'ils puissent avancer bien protégés.

Mais les Allemands n'étaient pas prêts à céder là où ils combattaient avec un certain avantage et ils s'en tinrent aux coins et aux intersections, établissant un feu croisé de mitrailleuses et d'antichars.

Maintes et maintes fois, les Polonais ont été jetés sur la dernière ligne de résistance, établie par le colonel allemand, essayant de la forcer, mais sans succès. Le Quartier Moderne est devenu, du jour au lendemain, le champ de bataille le plus cruel de tout Varsovie.

CHAPITRE XI

Prague

Bor-Komorowski arpentait nerveusement mais contrôlait son quartier général de fortune. Des appels des patrons lui parvenaient, l'informant de leurs progrès et de leurs succès. Peu à peu, les assistants indiquaient sur le grand plan de la ville les points atteints par les rebelles.

Le général ne modifia pas son visage froid et énergique. Il s'est rendu compte que pour le moment les objectifs souhaités étaient atteints et qu'il n'était pas difficile pour lui de gagner dans la ville, en la dominant complètement. Mais c'était une aventure dont, comme dans toute, la fin était inconnue.

De nombreux impondérables, qu'ils n'étaient pas en leur pouvoir de résoudre, pouvaient décider de la victoire ou de l'échec.

Bor-Komorowski s'est approché de ses assistants et a commencé à taper sur la table. Ils le regardèrent, attendant une question ou un commentaire. Le général dit seulement :

« La navigation sur la Vistule a été partiellement coupée. Mais on ne sait rien du quartier de Prague. Que fait le colonel SS ? Que va-t-il faire ?

* * *

Stanislas jeta la cigarette par terre et ordonna au major Dmowaki :

« Le groupe de scouts peut avancer.

Noraczewski, le bras en écharpe, s'approcha en suppliant :

« Laissez-moi me l'envoyer, colonel.

Stychel secoua la tête.

« J'ai besoin de toi à mes côtés et je ne peux pas le tolérer.

Les forces de Stanislas avaient atteint les environs du pont Alexandre. Depuis les balcons et les bâtiments les plus hauts, des groupes de Polonais ont tiré sur le pont à la mitrailleuse et au fusil, bloquant le passage aux troupes allemandes. De même, à partir d'endroits préalablement choisis, ils lançaient des mortiers, ce qui entraverait leur progression.

Stanislas avait étudié à fond ce secteur et avait calculé les possibilités d'avance. Il savait que les Allemands entraveraient la marche et qu'une seule tentative d'avance serait instantanément stoppée.

Dmowaki a placé un fort groupe à côté du pont, à l'autre extrémité duquel se trouvaient les Allemands, tirant sans cesse. D'autres groupes se dirigeaient vers le fleuve, embarquant sur des barges. Il était temps de commencer l'avance. Stychel fit signe. Les armes automatiques et les mortiers augmentèrent leur tir, allongeant le tir pour n'atteindre que l'autre rive.

Pendant ce temps, les bateaux et les péniches commencèrent à traverser le fleuve, tous protégés par les ombres de la nuit.

Stanislas se tenait immobile près de la balustrade du pont, attendant les nouvelles de l'arrivée de ces premiers groupes. Il savait ce que cela pouvait importer et il lui fallait y parvenir. S'il ne conquiert pas la gare, de nouvelles troupes arriveront bientôt à Varsovie et le soulèvement se terminera par un terrible échec.

La nuit ne permettait pas de voir comment les péniches s'éloignaient vers l'autre rive et comment les patrouilles avançaient, déployées sur le pont, mais le colonel savait que ses hommes n'allaient pas lui faire défaut. Soudain, des coups de feu ont été entendus à l'autre extrémité du pont, ainsi qu'un cri de la rive opposée.

Tous les rebelles se penchèrent en avant, caressant leurs armes. Le moment était peut-être venu. La fusillade a augmenté en intensité, mais personne ne pouvait dire ce qui se passait. Cependant, alors que les rebelles restaient nerveux en attendant ce qui allait se passer, ils se rendirent compte que la rumeur de la bataille s'estompait lentement.

Un partisan accourut à la rencontre de Stanislas.

« Monsieur le colonel, dit-il, nous avons réussi à nous établir sur l'autre rive.

Stychel posa la main sur l'épaule de l'agent de liaison et se tourna vers ses hommes, qui se tenaient confusément dans les coins et le long du pont. Il agita le bras et traversa le pont en courant. Un tonnerre d'acclamations s'éleva derrière lui, tandis que les rebelles couraient à toute vitesse après leur chef ou se jetaient sur les barges pour traverser la rivière.

Stanislas, pistolet à la main, s'avançait vers l'autre extrémité du pont, où des coups de feu continuaient de se faire entendre. Ses volontaires le suivirent, brandissant leurs fusils en l'air.

Ils atteignirent enfin la rive opposée. Stychel se tourna vers la rivière pour regarder le ruisseau. Les groupes de péniches se rassemblaient presque le long du rivage.

Il continua, rattrapant bientôt ses partisans. Les Allemands avaient été chassés de leurs postes et pouvaient déjà s'étendre le long du rivage.

Les renforts ont beaucoup aidé les rebelles. Bientôt, ils ont commencé à se répandre dans les rues et dans les coins, attaquant les Allemands. Les péniches avaient déposé leurs chargements d'hommes, qui couraient rejoindre les Polonais déjà stationnés là-bas.

Les armes lourdes ont été en partie transportées sur l'autre rive, pour continuer les combats. Petit à petit, les groupes, bien menés par Stychel, se sont dispersés dans la ville en direction de la gare.

L'aube commençait à teindre le ciel en rouge, lorsque les rebelles distinguèrent les bâtiments gris et sales de la gare. Un cri d'enthousiasme s'éleva de ses seins.

Parmi eux courait le slogan :

« Encore un effort et nous avons gagné.

Dans les rues, sautant de fenêtre en fenêtre et de patio en patio, rebelles et soldats s'attaquaient sans relâche, dans une bataille continue.

Ils s'étalèrent le long d'une large avenue solitaire, en direction de la gare. Stanislas suivit de près les premières avant-gardes. Il fallait occuper la gare, l'axe de toutes les lignes, pour pouvoir dominer le réseau ferroviaire qui y conduisait.

Des coups de feu ont retenti et des mitrailleuses ont claqué, répandant leurs aboiements de mort. Stychel regarda les détachements s'approcher du vaste bâtiment gris, couvert par la patine du temps et la fumée de centaines de machines à vapeur.

Les grenadiers allemands combattent désespérément, mais sont acculés par des partisans qui leur sautent dessus par les fenêtres et à travers les murs. De nombreux volontaires ont quitté leurs maisons, prenant les armes des morts ou des prisonniers.

Bientôt, se dit Stychel, ils auraient occupé la gare. L'aube répandait partout sa lumière d'un blanc laiteux, donnant aux contours un aspect fantomatique.

Ils avaient déjà ouvert une brèche dans la défense ennemie et les premières avant-gardes étaient déjà entrées dans la gare. Cela se battait en elle et ils seraient bientôt capables de la dominer.

Soudain, il y a eu un bruit de moteurs et une colonne de voitures équipées de mitrailleuses antiaériennes et de chars moyens légers et de mitrailleuses automatiques a été vue avançant en direction de la gare.

Quelqu'un a annoncé :

« Ce sont les troupes de von Ritcher.

Presque avant que les véhicules ne s'arrêtent, les "chasseurs" ont sauté à terre, levant leurs armes, en même temps que les chars commençaient à tirer et s'en prenaient aux insurgés.

Stanislas donna rapidement ses ordres. Il fallait tenir et éviter d'être entouré de ces troupes audacieuses et farouches, habituées aux coups et aux surprises.

La station est devenue la plaque tournante du combat. Tous deux se battaient pour le préserver ou pour le conquérir, tandis que le reste des forces prenait les positions qui leur semblaient les plus appropriées.

Stychel distinguait la silhouette gracieuse d'un officier, cigarette aux lèvres, dirigeant, serein et calme sous les balles, le mouvement de ses hommes.

La poussée des chars et des chasseurs força les rebelles à abandonner la station, mais Stanislas avait placé les servants de machines et de mortiers de telle manière que les Allemands ne pouvaient pas l'occuper.

Les combats continuèrent avec acharnement, mais la station resta dans le no man's land, sans que les Allemands puissent l'utiliser et sans que les Polonais puissent la rendre inutile. Aucun d'eux ne pouvait l'appeler la leur et aucun d'eux n'avait échoué. Le combat commença, énervant et cruel. S'attaquant sans relâche avec férocité.

La nourriture était distribuée sous le feu ennemi et les blessés devaient être soignés sous les balles ennemies.

Mais après la première surprise, les deux camps se sont préparés à résister, jusqu'à ce que l'un d'eux abandonne.

CHAPITRE XII

UNE MISSION IMPORTANTE

Aleska est entrée dans le bureau du major Gentzel. Le vétéran sourit, indiquant une chaise.

La fille obéit en allumant une cigarette. Le soulèvement durait depuis plusieurs jours et on ne savait rien des opérations. Les batailles et les combats dans les rues se poursuivaient quotidiennement, sans que personne ne puisse savoir quel sort leur réservait l'avenir.

Le major Gentzel passa une main sur son front et sourit à nouveau. Hormis ce geste de fatigue, personne n'aurait pu imaginer que cet homme froid et impersonnel se sentait concerné par les événements.

« Le soulèvement, commença-t-il à dire, a été un premier succès pour le général Bor-Komorowski. On ne peut le nier. Il a atteint presque tous ses objectifs, mais il n'a pas réussi à s'étendre. continuer à tirer et à combattre, pour voir lequel des deux domine l'autre. En ce moment où l'offensive russe acquiert sa plus grande force, ce soulèvement peut être définitif pour nos armes. Il doit être achevé au plus vite.

Aleska hocha la tête, espérant que l'homme plus âgé lui donnerait la raison de l'appeler.

« Un point très important est la gare dans le quartier de Prague. Si les Polonais pouvaient l'utiliser, ils pourraient faire venir ici des groupes de partisans de la campagne. Cela augmenterait vos chances de réussite. Pour le moment, ni l'un ni l'autre ne le domine, n'étant qu'un objectif pour tous les deux.

Aleska hocha de nouveau la tête. Personne ne pouvait imaginer la tension dans laquelle elle avait vécu pendant ces jours, pensant toujours à Stanislas et à ce qui pouvait lui arriver. Il savait que ce soulèvement était la fin de ses amours. Celui qui triomphe, il doit se séparer définitivement.

"Le secteur de Prague" a poursuivi Gentzel "est défendu par les forces du colonel S, S.

La fille, intéressée, leva la tête.

« Ont-ils réussi à l'identifier ? » je demande.

« Oui, nous y sommes enfin parvenus. Il s'agit d'un vieil ami à elle.

Aleska cligna des yeux d'étonnement.

"Qu'est-ce?

« Stanislas Stychel.

Le cœur de la jeune femme manqua un battement.

« En es-tu sûr ? Je n'aurais jamais pu imaginer qu'ils étaient la même personne.

Gentzel hocha la tête.

« Ni vous ni personne d'autre ne pouvez l'imaginer. Il faut reconnaître le talent et la bravoure de cet homme. Il a su nous tromper jusqu'au bout et c'est lui qui s'est moqué de nous. Désormais, c'est son prestige et sa capacité militaire qui font vivre le quartier de Prague. Sans lui, nous aurions pu occuper la gare et les renvoyer à Stare Miasto. "Il a fait une pause et a ajouté," Il y a un moyen de le faire, et vous pouvez nous le proposer.

Aleska avait peur, sans savoir pourquoi. Des yeux, il invita l'homme plus âgé à parler.

« Vous pouvez vous rendre auprès du colonel Stychel et nous dire où se trouve son poste de commandement. On sait qu'elle est très proche de ce qu'on pourrait appeler la première ligne. Une fois informés de cela, nous enverrions un groupe déterminé à le capturer. De cette façon, toute la résistance à Prague s'effondrerait.

Aleska frissonna. C'est elle, elle précisément, qui a dû mettre en captivité l'homme qu'elle aimait, Stanislas. Mais Gentzel ne savait rien de ses sentiments. Elle s'était portée volontaire pour les services secrets et avait un devoir à remplir, en tant que soldat de première ligne.

Les pupilles grises et froides de l'aînée la fixaient. Il doit donner une réponse. La jeune fille se sentit torturée par mille sentiments contradictoires. Elle se souvenait de son père et de ses frères, qui combattaient à la tête de leurs troupes. Il pensait à toutes les vies qu'il pouvait sauver. Cependant, il ne pouvait pas décider.

Quelque chose devait arriver pour éviter ce qu'ils lui demandaient et qu'il ne pouvait pas refuser, Gentzel demanda à nouveau :

"Quel est le problème avec lui ?

Aleska entendit une voix, qui n'était pas la sienne, lui dire :

« Je ferai ce que je peux, major Gentzel.

* * *

Stanislas, dans son poste de commandement, a mangé des conserves qui lui avaient été apportées du quartier général. Ses assistants et sentinelles avaient la même nourriture que lui. Assis par terre, ils dévorèrent le ranch, le fusil à leurs côtés.

Stychel se demandait ce qu'allait devenir Aleska et ce qu'elle faisait en ce moment. Il ne l'oubliera jamais.

Près d'un tank, Ritcher mangea un sandwich que lui tendait un infirmier et avala un verre de thé chaud. Le casque était bien ajusté autour de la tête de son soldat. Le lieutenant-colonel s'inquiétait du sort de la bataille. Mais il devait admettre que ces Polonais étaient de bons combattants.

Dans le reste de la ville, les combats se sont poursuivis avec autant de férocité que de férocité. Autour du fleuve et dans les larges rues des Quartiers Modernes, des armes rapides et des baïonnettes, ainsi que des canons légers, ont fonctionné inlassablement encore et encore.

Le soulèvement s'est poursuivi, sans que personne ne voie un moyen d'y mettre fin rapidement.

CHAPITRE XIII

SOUS LE COUVERTURE DE LA GUERRE

Le major Gentzel a sauté de la voiture et a aidé Aleska à sortir. La jeune fille, recroquevillée dans son manteau, regardait les rues et les immeubles, tachés par la lumière de l'aube, se profilant devant elle comme des fortifications militaires. Il distingua les silhouettes des grenadiers de son pays, le fusil à la main et le casque solidement attaché.

Devant eux, les hommes de Stanislas combattaient désespérément.

Gentzel répéta :

« Il vaut mieux que vous n'alliez pas directement dans le quartier de Prague. Grâce à ce secteur, vous pouvez facilement rejoindre les lignes rebelles, et une fois là-bas, demandez à voir Stanislas Stychel. Ils la conduiront à lui.

Le vieil homme tendit la main et ajouta :

"Bonne chance madame.

La jeune fille hocha la tête et partit en direction de l'endroit où se trouvaient les rebelles.

Prudemment, il s'est caché dans les coins et les portes. Ils ne pouvaient pas s'exposer aux Polonais sachant que les troupes allemandes leur laissaient passer.

* * *

Un partisan s'est approché de Stanislas en lui disant :

Colonel, une fille souhaite vous voir.

Stanislas releva la tête.

"Que veux-tu?

« Il n'a pas dit.

« Eh bien, laissez-le arriver.

Le partisan est parti et peu de temps après, Aleska est entré dans le poste de commandement. La fille dévisagea Stanislas, ne sachant pas quel rôle prendre. Stychel se leva et courut vers elle.

« Aleska, qu'est-ce que tu fais ici ? s'exclama-t-il en tendant les mains.

« Je ne pouvais plus rester loin de toi. J'ai réussi à accéder à vos lignes et j'ai demandé à être amené à vous voir.

Les assistants étaient sortis et étaient seuls. Stanislas la serra dans ses bras, l'attirant plus près.

« Je ne devrais pas vous permettre de rester ici, puisque vous êtes en danger.

Elle ferma les yeux et appuya sa tête sur la poitrine de l'homme qu'elle aimait et était sur le point de trahir. Elle regrettait d'être là, et pourtant personne ne l'avait forcée à rejoindre les services secrets.

Stanislas lui caressa les cheveux en ajoutant :

« J'avais peur de ne plus jamais te revoir. Je ne sais pas comment se terminera ce combat, qui dure plus longtemps qu'il ne le devrait. Cela fait quinze jours que tout a commencé.

Aleska leva les mains pour caresser le visage du rebelle.

"Tout ce que je voulais, c'était être à tes côtés. Je me fiche du reste. Ne parlons pas de l'avenir. Il importe seulement que nous soyons ensemble et que nous puissions enfin attendre, côte à côte, que cela se termine.

Stanislas l'embrassa en la serrant contre sa poitrine. Elle enroula ses bras autour de son cou, comme si elle avait l'intention de donner sa vie dans ce baiser et d'effacer ainsi la barrière qui les séparait.

Il s'est rendu compte qu'il commettait la trahison la plus méprisable contre une femme. Le major Gentzel ignorait que Stychel l'aimait, mais elle le savait. Cependant, il avait accepté la mission qui lui était assignée.

Mais elle était un soldat et elle savait que les soldats ne pouvaient pas permettre que des raisons particulières entravent leur service. Stanislas lui-même l'avait fait. Mais que dirait cet homme sincère et déterminé quand il découvrirait qu'elle profitait de ses sentiments pour le vendre ?

Je ne croirais jamais en son amour. J'imagine que tout cela n'était qu'une ruse pour le vaincre et l'arrêter.

Et jamais de sa vie la jeune fille n'avait ressenti un amour aussi fort et passionné que celui qui l'avait consumée pour Stychel.

Stanislas la regarda en souriant.

« Je suis heureux de vous avoir à mes côtés, mais je préfère que vous restiez à l'écart du danger. Ce n'est pas un endroit pour une femme.

Aleska secoua la tête.

« Je ne te permettrai pas de me repousser. J'ai vu des femmes soigner les blessés et distribuer de la nourriture et des munitions. Il y a même des bénévoles.

« Mais ils sont polonais et vous êtes étranger. Ce combat n'a rien à voir avec vous.

La fille a été lente à répondre. Stanislas ne pouvait imaginer que ce combat l'engageait aussi, mais du côté ennemi.

« Je veux être à tes côtés » murmura-t-il.

Stanislas ne répondit pas, se bornant à la serrer contre lui, tandis que dehors les mitrailleuses cliquetaient et les mortiers tonnaient.

* * *

Aleska était dans le camp rebelle depuis plusieurs jours. La situation ne s'était améliorée ni pour les Polonais ni pour les Allemands. Tous deux ont conservé les positions qu'ils ont conquises les premiers jours et seuls quelques carrefours et certains bâtiments ont changé de mains quotidiennement.

La jeune fille était déjà une figure familière aux partisans. Habitués à la voir soigner les blessés et s'occuper de la nourriture, ils n'ont pas été dérangés en la voyant passer. Dans ces emplois, Aleska mettait tous ses efforts peut-être pour se fatiguer et ne pas pouvoir penser à ce qu'elle allait faire.

Il avait étudié la situation et s'était rendu compte à quel point il était facile de réaliser le coup d'État. Stanislas avait établi son poste de commandement dans un petit bâtiment qui appartenait à l'état-major du chemin de fer. Il avait deux pièces et était plein d'outils qui ont été remis aux partisans.

Il était presque dans la ligne de mire ; une ligne de combat qui s'étendait par des intersections, des tronçons de voies et des bâtiments mitraillés. Il ne serait pas difficile, d'où se trouvaient les troupes, de lancer une attaque de masse et de capturer le chef. Ou envoyez une escouade choisie et conquérez la maison d'assaut.

Elle ne savait pas ce qu'ils allaient faire, mais elle ne quitterait pas Stanislas. Elle sentit le regard du jeune homme plein de tendresse, que pas une seule fois il ne cessa de la regarder.

Il n'avait pas encore trouvé le moyen de transmettre son message aux forces allemandes, mais il espérait le faire bientôt.

Stanislas y restait toute la nuit, sauf quand il faisait ses tournées.

Mais entre neuf et onze heures, il était toujours retrouvé.

Aleska préférait ne pas penser à l'avenir. Elle savait que son amour allait mourir assassiné par elle-même et cette certitude la désespérait, avec une profonde angoisse. Il n'y avait aucun moyen d'éviter ce qui allait arriver.

Stanislas se sentait heureux et, en même temps, effrayé de l'avoir là, à côté du danger. Mais peut-être aurait-il été pire de ne pas l'avoir à ses côtés et de ne pas savoir ce qui lui était arrivé.

Il lui semblait qu'il savait mieux se battre et qu'il était plus lucide dans la direction de ses hommes.

Pendant ce temps, la bataille de Varsovie se poursuit, cruelle et féroce, sans fin en vue. D'un bout à l'autre de la ville, les hommes s'attaquaient férocement, cherchant les moyens du succès. La population qui n'était pas intervenue dans le combat est restée chez elle, attendant que tout se termine. La vie s'était arrêtée.

Dans les zones occupées par les rebelles, du pain et de la nourriture ont été distribués, pris dans les entrepôts capturés. La même chose a été faite dans la zone occupée par les troupes, mais le fantôme de la faim commençait à se répandre sur Varsovie.

CHAPITRE XIV

CHANGEMENT DE COMMANDE

Une voiture de campagne s'est arrêtée devant la Komandatur. La sentinelle à la porte, d'un œil critique, se rendit compte qu'une personne importante voyageait à l'intérieur.

L'infirmier sauta à terre et ouvrit la porte en se redressant avec raideur. Cela a fini par convaincre la sentinelle que le personnage qui voyageait à l'intérieur n'était pas n'importe qui.

Un général descendit du véhicule, se dirigeant d'un pas déterminé vers la maison. C'était encore un jeune homme, gros et fort. Son uniforme était propre et bien coupé, mais il y avait des traces de la poussière du voyage. Sur sa poitrine, il portait diverses décorations, certaines de la guerre de 1914. Sous le bonnet à carreaux, un visage rouge et des traits énergiques se détachaient, soulignant son menton volontaire et ses pupilles enflammées.

Ses assistants semblaient aussi déterminés et durs que lui.

Il répondit au salut de la sentinelle et informa l'officier de quart que c'était le général Bach-Zelewski, qui venait d'arriver du front russe.

Tout le monde frémit en entendant le nom du militaire. Ce soldat déterminé et intrépide était toujours sur la ligne de bataille et prêt à aller de l'avant, quelles que soient les difficultés.

Il s'était spécialisé dans les coups durs et les situations difficiles. Il était également célèbre pour sa voix tonitruante lorsqu'il donnait des ordres sous le feu ennemi.

Il a été accueilli par Schellenberg et son assistant. Bach-Zelewski s'est mis au carré, affichant un bureau du Grand Quartier général, dans lequel il a été nommé chef de toutes les forces de Varsovie, sous Schellenberg.

« Mon général, reprit-il avec sa façon de parler un peu brusque, je ne suis ici pour remplacer personne, ni pour gâcher le travail de personne. J'attends des ordres.

Schellenberg ne put retenir un sourire à cette manière de parler si caractéristique du commandant des stormtroopers.

"La situation" a-t-il commencé à dire en approchant le plan de la ville accroché au mur "n'est pas prometteuse, mais elle n'est pas désespérée non plus. Nous sommes dans une période d'attente, dans laquelle nous ne voyons pas de solution à court terme. futur.

« J'ai été chargé au quartier général de réprimer le soulèvement bientôt. Cela rend difficile l'envoi de troupes sur les lignes de front, et ce n'est pas le moment d'attendre. Les Russes continuent d'avancer vers la frontière polonaise. Cela fait presque un mois que le soulèvement a éclaté. N'est-ce pas, mon général ?

Schellenberg hocha la tête.

« Alors oui. Cependant, la difficulté, c'est qu'il est difficile de déloger les rebelles de leurs points de résistance, puisqu'il faut conquérir les quartiers maison par maison. Apportez-vous des renforts ?

"Seul un bataillon de chars" répondit Bach-Zelewski "et un mortier de 65. Je pense que cela suffira.

Schellenberg dit alors :

« Je suppose que vous êtes fatigué. Cet après-midi, nous pouvons réunir le personnel et discuter de ces questions.

Le nouveau venu secoua la tête.

« Je ne suis pas fatigué, mon général. Nous pouvons nous rencontrer dès que possible.

Deux heures plus tard, tous les chefs d'unité étaient rassemblés dans la Komandatur. Le major Gentzel et le colonel Haller étaient également là avec le général. Également dans la réunion était un lieutenant-colonel souriant, le visage hâlé par le soleil, portant le crâne des troupes blindées.

« Le général Bach-Zelewski » commença à dire Schellenberg « prendra le commandement des forces sur la place. Il faut d'abord préparer un examen de la situation.

Le chef d'état-major a lu un rapport préparé avec les parties des différents chefs d'unité, expliquant la situation des forces en présence.

Bach-Zelewski écoutait silencieusement, tapotant un crayon sur la table. Il utilisait de plus en plus de force pour le faire.

Le chef du pétrolier, un ancien ami de Peter, lui dit :

« Il devient furieux. Il finira par frapper la table.

"Ils disent qu'il a un très mauvais caractère" répondit Peter.

"Bien sûr. C'est affreux. Mais vous pouvez être sûr que le soulèvement sera écrasé.

Quand il eut terminé, Bach-Zelewski se leva.

« D'après ce que je viens de dire, les deux centres névralgiques de la ville sont le fleuve et le quartier de Prague. Il faut donc pousser les rebelles de l'autre côté de la Vistule et reprendre les communications fluviales. Ensuite, il faut les expulser de la gare, pour que les trains puissent circuler librement. "Il s'est tourné vers Schellenberg et a ajouté," Si vous êtes d'accord, monsieur, nous effectuerons d'abord ces deux opérations, puis nous presserons la Vieille Ville jusqu'à ce qu'ils soient forcés de se rendre ou jusqu'à ce qu'ils soient anéantis.

Schellenberg sourit à sa fougue.

« C'est ce qui a été tenté, sans succès jusqu'à présent. Ils collent au sol et résistent bien.

— Je le vois, mon général, mais je pense que nous pouvons employer d'autres moyens que ceux employés jusqu'ici. Les chars et les lance-flammes nous seront très utiles. Ces combats de maison à maison et de rue à rue ressemblent beaucoup à ceux que nous avons endurés à Stalingrad et lors de la conquête des fortifications de Sébastopol. Les forces d'infanterie doivent être flexibles et bien se battre; quelque chose comme nos parachutistes et nos commandos ennemis. Mais j'ai aussi pu vérifier que l'homme le plus courageux, capable d'agresser un nid de mitrailleuses torse nu, se sent effrayé par un lance-flammes. Il faudra les fournir aux combattants. Les chars sont quasiment invincibles car ils constituent un rempart mobile qui ne peut être vaincu qu'avec des canons contre des chars, dont il n'est pas facile pour les rebelles de disposer en quantité.

Peter sourit en regardant la tête des panzers. Le major Gentzel se leva et s'éclaircit la gorge en disant :

« Il serait commode d'informer les rebelles qu'ils vont être écrasés et qu'il vaut mieux qu'ils se rendent. Des enclos pourraient être formés pour les accueillir, ainsi que toute la population civile qui souhaite venir sur nos lignes.

"Ça me semble bien", a déclaré Schellenberg, interrogé par Bach-Zelewski. Le colonel Haller s'occupera de vous.

« Mon général » continua le major Gentzel, « nous avons des confidences dignes de foi sur l'endroit où se trouve le poste de commandement du colonel SS, chef des rebelles dans le secteur de la station. Nous avons pris des photographies aériennes pour bien connaître la maison. Le pilote qui les a pris a reçu plusieurs balles, mais il est sorti indemne.Je crois, à moins que vous ne pensiez autrement, qu'une escouade bien choisie peut vous capturer et priver l'ennemi d'un de ses meilleurs chefs.

Bach-Zelewski se tourna vers Schellenberg :

« Si vous ne vous y opposez pas, mon général, je crois que cette mesure pourrait être exécutée. « Quand le supérieur a hoché la tête, il a demandé : » Quelle unité pourrait être en charge de cette mission ?

"Lieutenant-colonel von Ritcher.

CHAPITRE XV

ENCORE DEVANT A DEVANT

L'aube arrivait. Sur les toits gris de la ville l'aube s'annonçait, tandis qu'aux carrefours et aux coins des hommes se battaient et attendaient que la bataille continue.

Peter engagea la patrouille d'assaut de son bataillon. Le sous-lieutenant qui la commandait la salua en disant :

« Pas de nouvelles, mon lieutenant-colonel.

Von Ritcher lui fit signe de baisser la main, puis expliqua :

« Vous savez tous ce que l'on attend de vous. Vous avez étudié les photographies et le plan du secteur. Vous savez quelle maison nous devons piller et aussi l'homme qui doit être capturé ou tué. J'enverrai la patrouille moi-même.

Parmi les hommes de cette unité, il y avait un mouvement de satisfaction. Ils caressaient leurs mitraillettes et leurs fusils en bombant la poitrine. Des armes de poing et des pistolets portaient à la ceinture. Ritcher ramassa une mitraillette et marmonna :

"Va.

Le capitaine Schulz le regarda s'éloigner en se léchant les lèvres. Il ne craignait pas que cette opération se solde par un échec. La seule chose qu'il craignait était que son patron meure dans le combat.

La patrouille s'avança jusqu'aux derniers postes de garde. Les « chasseurs » souriaient en marmonnant :

Bonne chance, camarades.

Un sergent leva la main en souriant.

Pierre regarda l'étroite ruelle au bout de laquelle se tenaient les Polonais. Entre les deux positions beaucoup a été ouvert. Avec un peu de chance, ils pourraient traverser de l'autre côté sans que personne ne s'en aperçoive.

Von Ritcher fit signe et les hommes sautèrent par-dessus la clôture, entrant dans le parking. Ils avaient abandonné leurs armes lourdes et n'avaient gardé que celles qui pouvaient être utiles au corps à corps.

Le major Wagner, commandant du deuxième bataillon, se tourna vers Schulz :

« Tout doit être arrangé, et dès que nous entendrons le signal, nous attaquerons.

Peter s'avança suivi de la patrouille. Le sous-lieutenant marchait à côté de lui en silence. Le casque et la mitraillette ont rappelé à Peter ses premiers combats aux Pays-Bas, au début de la guerre.

Ils arrivèrent à l'autre bout du terrain. Un soldat a donné un coup de pied par inadvertance dans une boîte de conserve. Dans le silence de l'aube, cela ressemblait à un coup de canon. Peter fit signe à tout le monde de se cacher. Non loin de là, une voix demanda en polonais :

« Qu'est-ce que c'était, Sikorski ?

"Rien. Il me semble que tu rêves" lui répondirent-ils.

Peter se dirigea vers la clôture et regarda à travers. Il n'y avait personne et à proximité il y avait une autre ruelle qui menait à la piste. Le lieutenant-colonel fit signe et la patrouille sauta dans la rue, se dirigeant vers la ruelle.

Ils le traversèrent en silence. Avec leurs armes montées, ils se collaient aux murs pour ne pas être surpris. Ils essayaient d'avancer prudemment pour ne pas attirer l'attention de l'ennemi. Ils arrivèrent au bout de l'allée, distinguant la route et, au-delà, le troisième hangar de matériel.

Von Ritcher désigna le bâtiment. Il ne faisait aucun doute que c'était lui. A la porte se trouvait une sentinelle enfilée dans un manteau de fourrure et avec les étuis croisés sur sa poitrine.

Le mur était dans l'ombre et leur permettait de s'approcher des rails du train, mais ils devaient ramper. Ils avancèrent, Peter marchant le premier. Lorsqu'il atteignit les rails, il leva la tête. Le bâtiment n'était pas loin. Sa patrouille, entraînée comme elle l'était, pouvait le rattraper et le maîtriser avant l'arrivée du reste des partisans.

Il fit signe au sergent et le sergent prit la pompe à main, arrachant la sécurité. Puis il la lança fort sur la sentinelle.

Au même moment, le lieutenant-colonel crie :

"Allons-y les gars.

La grenade a explosé, renversant la sentinelle, mais les "chasseurs" couraient déjà vers le bâtiment. Le signal avait été donné et tout le bataillon d'assaut allait attaquer pour sauver son chef.

Deux partisans sont sortis de la cabine et le sergent leur a claqué le pistolet mitrailleur au visage, les renversant d'un coup. Ils étaient déjà devant le bâtiment. Le sous-lieutenant se jeta sur une fenêtre, en même temps qu'un des soldats frappait avec la crosse du fusil pour l'ouvrir. Peter, suivi du sergent, entra au poste de commandement.

Une faible lumière électrique éclairait la pièce. Quelqu'un a jeté une chaise, la brisant. Mais à ce moment, la fenêtre s'ouvrit, entrant dans la lumière laiteuse de l'aube.

Peter a fait face à la mitraillette et a tiré sur deux partisans qui se tenaient devant lui. Soudain, il vit un homme grand et fort agiter un automatique.

Il sourit farouchement. Ce doit être le colonel SS. Pour s'en assurer, il cria :

Stylet.

Stanislas se trouva découvert et se leva, se préparant à tirer. Ils l'avaient pourchassé et il ne voulait pas s'enfuir.

A ce moment précis, Aleska quitta la pièce voisine. Il regarda la scène, réalisa ce qui allait se passer et serra Stanislas dans ses bras, se tournant vers l'officier allemand. Il avait commencé à tirer lorsque la fille s'est interposée entre les deux hommes.

Le corps de la jeune femme tremblait, secoué par le fouet d'acier. Ses pupilles se rétrécirent tandis que ses muscles se détendaient. L'officier ennemi a abaissé le pistolet mitrailleur, regardant la scène avec horreur.

Un cri rauque s'éleva aux abords de la voie ferrée. Le bataillon d'assaut attaque, précédé de chars.

Devant l'attitude des deux chefs, les troupes ennemies rassemblées à cet endroit n'ont pas tiré, se regardant avec surprise. Le rugissement de la bataille pouvait être entendu. Puis le capitaine Noraczewski saisit le colonel par le bras, l'entraînant dans l'autre pièce. Il ferma la porte, se préparant à fuir par une fenêtre.

Stychel avait à peine la force de bouger, mais il suivait son assistant. Tout avait été si rapide, c'était comme ennuyeux. Sur toute la ligne, les forces polonaises sont attaquées par les Allemands, qui poussent vers la gare.

Le major Wagner dirigeait ses hommes de manière experte et habile. Les chars tiraient sans cesse, ouvrant des trous dans les murs et les renversant alors qu'ils chargeaient. Les "chasseurs" en patrouille, ils attaquaient les places fortes ennemies et larguaient leurs bombes à main. Mitrailleuses et machettes entrent en jeu, chassant les Polonais de leurs redoutes.

Peu à peu, les forces prennent d'assaut les bâtiments en direction de la gare. Mais le colonel SS était sain et sauf et reviendrait au front de ses hommes.

CHAPITRE XVI

PENDANT QUE LA GUERRE CONTINUE

Noraczewski a lutté avec le colonel pour le retirer du poste de commandement. Stanislas, toujours abasourdi, cria :

« Aleska ! Aleska !

Le capitaine a appelé un autre partisan, lui demandant de l'aider à emmener son supérieur. À eux deux, ils ont réussi à dominer Stychel, qui avait du mal à revenir dans le bâtiment. Enfin, le partisan leva son pistolet et porta un coup au crâne du colonel.

Évanouis, ils parviennent à l'en éloigner, tandis que le major Dmowaki organise la défense contre l'avancée désespérée du bataillon de « chasseurs ».

Une fois les lignes rétablies, bien que loin de la gare, qui avait été entièrement occupée par les Allemands, les rebelles parvinrent à arrêter, après de lourdes pertes et des affrontements sanglants, l'attaque du bataillon ennemi.

Stanislas reprit connaissance, se retrouvant dans un entrepôt abandonné. Seul Noraczewski l'accompagnait. Le capitaine comprenait l'état d'esprit de son patron et ami et ne voulait que personne l'accompagne.

Stychel regarda avec stupéfaction l'endroit où ils se tenaient, apparemment incapable de se souvenir de ce qui se passait. Soudain, ses pupilles s'illuminèrent et il sauta sur ses pieds.

« Aleska ! Aleska !

Noraczewski s'approcha en marmonnant :

Courage, colonel.

Stychel se précipita vers la porte en criant :

"Pourquoi m'as-tu éloigné de lui ? Je veux sauver son corps.

Noraczewski a gêné, expliquant :

« Vous devez penser à vos hommes, colonel. Aleska sera enterrée par les Allemands.

Stanislas baissa la tête. Il se rendit compte que, torturé par la mort d'Aleska, il était sur le point d'oublier la mission sur ses épaules. Il ne fallait pas oublier les centaines de rebelles qui lui faisaient confiance. Il ne pouvait pas trahir la cause à laquelle il s'était donné.

Mais son malheur l'enveloppa dans des leggings invisibles, mais incassables. Aleska était décédée. Il lui semblait impossible que cela puisse arriver. Quelques minutes avant que cet officier ennemi n'entre au poste de commandement, ils avaient dîné ensemble en causant et en riant. Même Noraczewski avait pris part à la conversation.

La rétine de Stychel était encore pleine de l'image de la fille heureuse et heureuse. Seule une certaine mélancolie dans son regard, qu'elle s'efforçait de maîtriser, rappelait la situation dans laquelle ils se trouvaient. Son rire lui semblait encore être un rire sans souci ni peur. Il pensait qu'il sentait encore le parfum de son corps.

Et pourtant, Aleska était morte. Il n'était plus qu'un cadavre inanimé, ses muscles déchirés et son rire perdu à jamais, ce rire que le colonel aimait tant.

Désespéré, il enfouit son visage dans ses mains et laissa échapper son chagrin, n'ayant pas honte d'être vu par son assistant.

Son angoisse, lorsqu'il réalisa que tout était fini, que les rêves qu'ils avaient dessinés ensemble ne se réaliseraient jamais, l'envahit complètement et il fondit en larmes comme un enfant.

Noraczewski l'observa en silence. Il comprenait ce que devait souffrir cet homme, sous les yeux de qui et sans qu'il puisse l'empêcher, la femme qu'il aimait était morte violemment.

Le colonel était inconscient de tout sauf de sa douleur au début de l'opération conçue par le général Bach-Zelewski.

* * *

Luttant désespérément pour arrêter les soldats russes, la nouvelle du soulèvement de Varsovie s'était répandue sur tout le front. Pour les Allemands, cela représentait un obstacle qui empêchait l'arrivée des trains de vivres et de munitions.

Les généraux préparent leurs divisions à repousser l'attaque soviétique, qu'ils envisagent plus difficilement par la suite.

Cependant, au siège russe ...

La voiture militaire, suivie d'une colonne de camions et de véhicules, avançait le long de la route inondée, tandis que des colonnes d'infanterie et de chars avançaient à travers le champ, à côté de la route. L'artillerie et la cavalerie continuaient leur marche en chantant des chansons anciennes.

Un motocycliste s'est garé jusqu'à la voiture de devant et a salué en lui tendant un drap. Puis il se tenait à côté de l'entourage.

L'homme à l'intérieur de la voiture, un grand officier musclé aux tempes blanches, ouvrit le drap, l'examinant attentivement. Cet officier était le maréchal Vatupine, chef des forces russes à la frontière polonaise.

Le maréchal étudia la lettre et ordonna au chauffeur de s'arrêter. Puis, alors que les voitures de son entourage l'imitaient, il s'est approché d'un camion de transmission et a demandé une ligne avec Moscou. Il a parlé au téléphone pendant un moment et a hoché la tête.

Le maréchal marcha quelques instants près de la voiture, et se tournant vers l'assistant, ordonna :

« Convoquez les commandants de l'armée.

Puis il retourna à la voiture, continuant la marche. Cette nuit-là, alors que les insurgés luttaient désespérément contre les attaques de Bach-Zelewski, les principaux dirigeants de l'armée russe se sont rencontrés.

Vatupin entra dans l'isba où ils avaient établi leur quartier général et regarda les uniformes, les cols hauts et démodés et les culottes d'équitation, avec des bottes cirées. D'étranges décorations russes étaient alignées sur la poitrine des hommes.

« Généraux », commença le maréchal, « nous avons reçu un ordre auquel nous devons nous conformer.

Les officiers levèrent la tête, le regardant curieusement. Des hommes ont été vus dans l'uniforme de l'aviation, avec celui des troupes blindées et avec les bonnets de fourrure des Cosaques.

« Cet ordre est de nous arrêter.

La nouvelle est tombée comme une bombe lors du meeting militaire. Ils se regardèrent tous avec étonnement. Un grand général musclé aux yeux mongols bridés s'empressa de dire :

« Arrêtez maintenant que nous pouvons peut-être percer le front ?

Vatupin hocha la tête.

« Ce sont des ordres supérieurs, de quiconque commande plus que moi. De plus, l'insurrection de Varsovie doit être abandonnée avant de continuer. Ensuite, nous essaierons à nouveau de casser le front.

Aussitôt les ordres précis furent exécutés et les troupes soviétiques s'arrêtèrent, se groupant dans les positions les plus commodes et restant sur la défensive, sans attaquer un seul instant les Allemands, qui se trouvaient dans une situation critique.

CHAPITRE XVII

obstinément

"Une partie de notre objectif a été atteint" a déclaré Bach-Zelewski ", mais nous avons encore besoin de la chose la plus importante.

Les officiers écoutaient en silence, attendant qu'il poursuive leurs ordres.

« Nous avons seulement réussi à prendre la gare, mais pas à expulser les rebelles du quartier de Prague. Cependant, je dois rendre hommage au lieutenant-colonel von Ritcher qui, dans un admirable coup d'audace, a atteint son premier objectif.

Ils se tournèrent tous vers Peter, qui était immobile, les traits tirés.

« Je pense que le combat dans ce secteur devrait se poursuivre jusqu'à ce que les rebelles aient traversé la rivière ou jusqu'à ce qu'ils soient isolés du pont Alexandre. Mais dans le secteur Nowe Miasto et Stare Miasto, les rives de la Vistule doivent être nettoyées. Les deux opérations seront effectuées en même temps, mais avec moins d'intensité. Le combat à Prague doit continuer comme avant, par coups successifs qui capturent les groupes ennemis et les bâtiments transformés en forts. Sur Nowe Miasto, nous allons déclencher une offensive.

Ce même après-midi, les rues près de la rivière étaient remplies de soldats et de chars. Des pièces d'artillerie d'accompagnement avaient été installées aux carrefours et aux angles, de manière à viser les positions rebelles.

A un certain moment, ils ont commencé à tirer sans repos. Les bâtiments, transformés en forts, sautèrent en éclats, écrasant leurs défenseurs. De temps en temps, le feu s'arrêtait et on entendait des haut-parleurs avertir les rebelles :

"Reddition. Vous ne pouvez pas réussir et vous n'obtiendrez que des victimes innocentes. Reddition.

Puis vinrent les tirs d'artillerie. Mais les Polonais sont restés à leurs postes, prêts à se défendre.

Enfin, le bombardement ennemi cessa et les chars d'assaut commencèrent leur marche sur les places fortes adverses. Des groupes de soldats, équipés d'armes légères et de lance-flammes, les ont suivis, se lançant sur les places fortes des partisans.

Les armes automatiques ont commencé à vibrer et les grenades à main ont explosé alors que les chaînes de chars grinçaient et que les moteurs rugissaient. L'artillerie des monstres blindés a tiré ses salves sur les bâtiments. Les lance-flammes répandaient leurs vagues de feu, ouvrant la voie aux troupes et chassant les rebelles.

Les unités de sapeurs avançaient avec leurs charges de dynamite, les plaçant dans des redoutes ennemies pour les faire exploser.

Peu à peu les vagues de grenadiers et de sapeurs, protégés par les charrettes, firent reculer les rebelles vers le fleuve.

Le major H avait obtenu des renforts et les troupes qui le soutenaient se tenaient au sol avec ténacité. Mais il comprit que s'il ne parvenait pas à stopper l'avancée allemande, il serait débordé, laissant ses hommes inutiles pour continuer le combat dans les rues.

Il se dirigea vers la ligne de tir, encourageant ses troupes. Il allait d'un endroit à l'autre, s'exposant constamment, mais faisant montrer aux hommes plus d'enthousiasme.

Le mois de septembre avait commencé et le froid commençait à se répandre dans toute la ville. Des traînées glacées venaient de la plaine jusqu'aux combattants.

Le major H pouvait distinguer les masses de chars qui se dressaient au-dessus des décombres, entourés par les groupes d'assaut. Des explosions et des rafales d'armes automatiques faisaient un rugissement autour de lui, obsédant et exaspérant.

Il a aussi vu comment certains combattants s'enfuyaient, terrifiés par la présence de chars et de lance-flammes, qui ouvraient la voie. Un bâtiment d'où plusieurs rebelles se sont défendus a été pris par les sapeurs.

Les troupes allemandes continuèrent leur chemin, irrépressible et accablant.

Il fallait les contenir. Il donne ses ordres et les volontaires affluent, s'établissent devant les avant-gardes ennemies qui chargent avec fureur.

Parmi les décombres et parmi les ruines, les partisans se retranchent, enfilant leurs mitrailleuses et leurs mortiers. Ils savaient que s'ils isolaient les chars, annihilant les soldats qui les accompagnaient, il serait plus facile de les combattre. Mais les lance-flammes et les grenades à main ne laissèrent pas un instant de repos.

Le major H comprit qu'il ne parviendrait qu'à ce que toute son unité soit anéantie et que pas une seule ne puisse continuer à se battre.

« Il faut résister jusqu'à ce que la nuit vienne. Ensuite, nous traverserons à nouveau la rivière.

Les explosions de l'artillerie se mêlaient aux charges de dynamite qui faisaient exploser les bâtiments. Le cliquetis des mitrailleuses indiquait l'avance qui avançait, plus lente mais imparable.

Soudain, un obus explosa à une courte distance du major et il tomba ensanglanté. Ses derniers mots furent :

« Qu'ils traversent la rivière au crépuscule.

Le combat s'est poursuivi avec une plus grande intensité. Malgré la mort du chef, les Polonais continuent de se battre avec une égale détermination jusqu'à ce que la nuit tombe sur la ville.

Différents bateaux s'étaient rassemblés sur les quais fluviaux, puis les troupes s'embarquaient dans les transports, marchant vers l'autre rive.

Peu à peu, la Ville Nouvelle est abandonnée et les partisans retournent au rivage d'où ils sont partis. Ils ont tous ressenti un immense chagrin. Il ne semblait pas possible que tout puisse finir ainsi, et ils répétèrent :

« Nous reviendrons quand même.

Cependant, leurs voix manquaient de la confiance de quelques jours auparavant.

Enfin presque tous atteignirent l'autre rive, distinguant des barges comment les chars et les grenadiers allemands atteignirent le quai d'où ils s'étaient enfuis.

Tout au long de cette journée, le colonel "Wladimir" réussit à stopper l'avancée des blindés sur ses lignes. A travers les larges avenues des Quartiers Modernes, les chars avançaient avec aisance, évoluant sans entrave. Mais depuis les maisons voisines et depuis les bâtiments à moitié démolis, ils ont tiré sans relâche sur les troupes qui suivaient les charrettes.

Ils ne se sont pas reposés une seule minute. Ils attaquaient continuellement les maisons, combattant pièce par pièce, jusqu'à ce que les partisans soient chassés ou anéantis. Les lance-flammes balayaient sans relâche les pièces et les lieux où les partisans résistaient. Les chars tiraient à gauche et à droite, sur les bâtiments voisins.

Au final, le colonel Wladimir dut battre en retraite prudemment sans abandonner la surveillance, pour éviter d'être débordé et de réussir à séparer ses troupes du gros de l'armée clandestine.

Ils quittèrent désespérément le Quartier Moderne, se dirigeant vers la Vieille Ville. Là, ils résisteront jusqu'à l'arrivée des Russes ou jusqu'à ce que l'armée d'Anders soit débarquée d'Italie.

Aux abords de la ville se rassemblaient les prisonniers capturés par les Allemands. Les troupes de police gardaient ces hommes, dans l'aventure desquels ils étaient abandonnés.

Bor-Komorowski rassembla son état-major.

« Nous devons nous rendre forts dans le Stare Miasto, tant que nous le pouvons. Nous ne laisserons pas un pouce de terrain de plus que nécessaire. Attendons l'arrivée des alliés.

CHAPITRE XVIII

ANNIHILATION

Alors que dans tous les secteurs et quartiers hors les murs. La pression imparable des Allemands se poursuit, poussant les partisans vers le Stare Miasto, dans le quartier de Prague le bataillon de « chasseurs » s'apprête à annuler le fief des troupes du colonel SS.

Dans le camp des Allemands, ils déambulaient aux côtés des chars et des mitrailleuses automatiques, à bout de bras. Des voitures équipées de mitrailleuses antiaériennes devaient également intervenir au combat.

Les soldats du chemin de fer travaillaient à réparer les voies afin que tout puisse continuer à fonctionner tout de suite.

Soudain, la silhouette élégante du lieutenant-colonel von Ritcher émergea du poste de commandement. Son visage, malgré la sérénité habituelle, était perçu comme contracté, et dans ses pupilles un air de désespoir brillait.

Les soldats se regardèrent avec inquiétude. Ils savaient que depuis l'assaut de la hutte ennemie leur patron était étrange. Ils n'ont pas demandé pourquoi, mais la nouvelle de la mort d'une femme avait circulé et cela expliquait peut-être tout.

Von Ritcher, son casque bien attaché et sa mitraillette sous le bras, fixait ses hommes. Tout était prêt pour le combat.

Il fit signe et les véhicules avancèrent, se déployant en éventail vers le pont Alexandre. Peter, accompagné du capitaine Schulz, a sauté dans une mitrailleuse automatique et s'est mis en route, suivi de tout le bataillon. Le combat reprit.

Les groupes et les patrouilles avançaient à la poursuite des véhicules blindés, balayant les défenses ennemies. Les mitrailleuses automatiques circulaient, chargées de « chasseurs », à travers les rues les plus larges, sautant par-dessus les décombres et par-dessus les trous du trottoir faits par l'artillerie.

Les voitures armées de mitrailleuses antiaériennes tiraient à zéro, tandis que les détachements légers assaillaient les positions opposées.

Stanislas reçut la nouvelle de l'avance de l'adversaire. Toujours désespéré par la mort d'Aleska, qui semblait parfois impossible, il se leva, acclamant les troupes qui attendaient toujours.

« Nous allons les arrêter. Et il s'agit de von Ritcher, notre ennemi.

Les partisans, bras tirés et fronçant les sourcils, sortirent pour affronter l'ennemi. Les deux camps opposés ont marché avec la même décision et avec leurs dirigeants au premier plan.

Les combats ont commencé avec acharnement et ont continué durement. Les patrouilles allemandes ont sauté à travers les décombres, tirant des balles de pistolet mitrailleur et des grenades à main sur les nids des adversaires et plongeant des baïonnettes dans le corps de l'ennemi.

Les chars et les voitures blindées tiraient sans cesse, se pressant continuellement vers le fleuve. Les flammes rouges des lance-flammes montaient des bâtiments transformés en champs de bataille.

Maintes et maintes fois les « chasseurs » se jetaient sur l'adversaire sans se reposer. Les cadavres gisaient dans les décombres. Les prisonniers ont été écartés du combat, les mains levées.

Pour une fois, les partisans semblaient faiblir. Un groupe de chars s'est calé, suivi des patrouilles, dans une large rue qui leur a permis d'évoluer.

Terrifiés, les Polonais entamèrent une fuite vers le Pont, ne pensant qu'à se sauver. Stanislas a été prévenu de ce qui se passait et a couru à cet endroit, accompagné de son assistant. Il a sauté de la voiture, un élégant véhicule trouvé dans un garage, et s'est exclamé, s'adressant aux partisans en fuite :

« Voulez-vous qu'ils soient tous écrasés ? Défendez-vous, car si vous ne le faites pas, les chars vous brûleront.

Les hommes, encouragés par ses paroles, s'arrêtèrent, tandis qu'il continuait à parler et à les encourager à se défendre. Il a vu un bâtiment presque en ruine à une courte distance et l'a pointé du doigt, ajoutant :

« À partir de là, nous pouvons les arrêter.

Les partisans se réfugièrent parmi les ruines et parmi les décombres. Les murs étaient à moitié démolis, montrant les trous faits par l'artillerie et les charges de dynamite.

De là, ils ont ouvert le feu sur les chars qui avançaient. Les chars s'arrêtèrent, gardant leur feu sur l'ennemi, tandis que les troupes d'infanterie chargeaient en avant. La figure d'un officier, élégamment vêtu, se distinguait au centre. Stanislas crut reconnaître sa silhouette.

Petit à petit, les soldats allemands avançaient vers le bâtiment. Stanislas comprit qu'il fallait résister ou retirer les troupes de l'autre côté de la Vistule, et tandis qu'il restait à son poste, il organisa le retrait d'autres secteurs.

Enfin, les "chasseurs" allemands chargèrent le bâtiment. Ils ont sauté par-dessus des décombres et des entonnoirs, pénétrant par des trous dans les murs.

Stanislas a pris une mitraillette et a commencé à tirer autour de lui pour se défendre. Soudain, il aperçut la silhouette d'un officier sautant par une fenêtre, brandissant sa mitraillette. Il l'a reconnu immédiatement. C'était von Ritcher, l'homme qui avait tué Aleska. Il fit face à la mitraillette et commença à tirer sur son ennemi. Les projectiles ont soulevé des nuages de poussière à côté de l'officier, mais l'ont raté. Peter se tenait immobile, ne tirant pas, alors que l'ennemi se repliait.

Expulsés à l'extrémité du bâtiment, les Polonais se replient sur le pont Alexandre et par barge jusqu'à l'autre rive. Peter était également en charge de ce secteur.

Une fois que tout le monde a été enfermé à l'intérieur du Stare Miasto, le général Bach-Zelewski a lancé le siège. Les canons et les chars continuent de tirer sur les premières maisons de l'autre rive, tandis que les troupes se préparent à lancer leur conquête. De temps en temps, les haut-parleurs répétaient les mots bien connus :

"Reddition. Vous ne pouvez pas réussir et vous ne ferez que des victimes inutiles.

Ensuite, le mortier de Thor est entré en action. Il a commencé à tirer depuis sa plate-forme au-dessus de la vieille ville. Leurs booms semblaient secouer toute la ville.

Peu à peu, les premières rues de la Vieille Ville sont débarrassées de leurs adversaires et les troupes allemandes se lancent à leur conquête. Ils parviennent à débarquer sur l'autre rive et occupent les premières maisons. Là, ils sont devenus forts et ont continué la marche, à travers les rues étroites, au milieu d'une grêle de balles de tireurs d'élite inconnus qui ont ainsi vengé leur courage lorsqu'ils ont su qu'ils avaient été vaincus.

Le combat continua. Maison par maison, coin par coin, les Allemands conquièrent la Vieille Ville, tandis que le mortier de Thor déchargeait ses gigantesques projectiles sur la population.

Stychel a continué à chercher Peter dans les combats. Il avait des rapports qu'il marchait toujours devant ses soldats et qu'il les guidait dans les coups, mais ils ne se sont jamais revus. Le Polonais se dit qu'une seule fois ils étaient parvenus à se voir, et qu'il ne pouvait pas le tuer, comme il le souhaitait. Aleska n'était toujours pas vengée.

L'opération de nettoyage continua, écrasant les Polonais qui se défendaient encore au ras du sol, ils restèrent sur leurs positions, protégés par les ruelles étroites du Stare Miasto.

CHAPITRE XIX

AVANT LA RÉALITÉ

Le combat s'est poursuivi avec intensité. Le mois de septembre était terminé et la neige commençait déjà à tomber sur les montagnes. L'air froid s'étendait sur la ville en feu, n'empêchant pourtant pas les combats de s'intensifier.

Les bombardements et les combats dans les rues se sont poursuivis intensément. Les grenadiers et les « chasseurs » envahissaient peu à peu les ruelles étroites du Stare Miasto, recevant les tirs des snipers abrités dans les immeubles.

Ce matin-là, 1er octobre 1943, le général Bor-Komorowski se réunit dans le sous-sol où il avait son quartier général, avec ses assistants et les chefs de son armée.

Tous montraient les traces de la lutte soutenue.

Plusieurs d'entre eux portaient des bandages et des blessures non cicatrisées. L'expression désespérée des hommes face à la mort se lisait sur leurs visages, sans possibilité d'être sauvés. Fatigués, las, les nerfs tendus, ils se sont réunis là pour décider de la situation dans laquelle ils avaient espéré réussir.

Stanislas, mordu par la douleur, se tenait à une extrémité, les yeux fixés sur le sol. Dmowaki était mort et Noraczewski avait repris le poste. Beaucoup de ses hommes étaient tombés dans les combats cruels, et leurs souvenirs hantaient le colonel.

L'image d'Aleska, allongée sur le sol, continuait de la hanter.

Bor-Komorowski s'éclaircit la gorge et fixa les hommes qui l'avaient suivi dans sa lutte désespérée.

" Messieurs " dit-il ", je n'ai pas besoin d'expliquer quelle est la situation dans laquelle nous nous trouvons. Vous, vous trouvant au milieu d'un combat, le savez aussi bien que moi. Cependant, nous devons décider quoi fais.

L'assemblée le regarda avec inquiétude. Où le général allait-il les emmener ?

« Malgré nos premiers succès, principalement dus au manque d'aide extérieure, nous nous retrouvons réduits au Stare Miasto, qui est continuellement bombardé et balayé par l'ennemi. Nos hommes tombent ou sont capturés. Nous manquons de vivres et de munitions. Je pense qu'il ne nous reste qu'une solution. Reddition.

Parmi les officiers, il y eut un moment de surprise. Stychel ne put se contenir et s'écria en se levant :

"La reddition ? Est-ce pour cela que nous avons jeté tant d'hommes dans le combat ? N'allons-nous pas continuer ? Nous pouvons toujours les battre et tenir bon.

Bor-Komorowski le regarda avec quelque pitié.

« Colonel, je sais que vous donneriez votre vie, et je ferais de même, pour garder notre drapeau haut. Mais gardez à l'esprit que nous ne pouvons plus gagner et qu'il est de notre devoir d'éviter toutes les victimes inutiles. Nous avons tenu nos positions jusqu'à ce qu'il soit humainement impossible d'avancer. Si l'un d'entre vous pense qu'il existe un moyen de se maintenir et de continuer jusqu'à ce que vous ayez gagné, je suis prêt à vous écouter. Sinon, j'enverrai une commission au général Schellenberg aujourd'hui.

Personne n'a osé répondre. Stychel se couvrit le visage de ses mains. Non, il n'était pas possible pour eux d'être vaincus. Ils ont dû se rendre à nouveau, comme ils le faisaient auparavant, lorsqu'ils ont été envahis sur deux fronts à la fois. Et pourtant il comprit que le général avait raison. Il n'y avait pas d'autre choix.

***

Stanislas regarda le pont Alexandre, sur lequel avançait un groupe d'uniformes allemands, accompagné d'un drapeau blanc. Il se tourna vers les assistants du général et dit :

"Ils arrivent.

Par-dessus ce pont, songea le jeune homme, les délégués du général Bor-Komorowski allaient parlementer avec l'ennemi, et c'est par cet endroit même qu'il avait rêvé de mener ses hommes à la victoire.

Les représentants polonais ont rencontré les Allemands au centre du pont. Certains portaient leurs uniformes, se couvrant de capes militaires. Les autres portaient leurs vêtements civils, fourrés dans leurs manteaux. Des drapeaux blancs flottaient au-dessus des deux délégations.

Des deux côtés, les combattants des deux côtés regardaient ce qui se passait, attendant le résultat.

Le chef de la délégation polonaise a salué d'un signe de tête.

« Au nom du général Bor-Komorowski, chef de l'armée polonaise de l'intérieur, nous venons négocier la reddition des troupes.

L'officier allemand demanda :

« Quelles conditions voulez-vous ?

« Avant tout, le général veut que tous ses hommes soient considérés comme des soldats et non comme des tireurs d'élite. Il souhaite également que les habitants de Varsovie qui n'ont pas pris part au combat soient respectés.

« J'informerai mes supérieurs de vos souhaits » répondit l'Allemand.

Bor-Komorowski arpentait nerveusement son bureau. C'était la seule fois où cet homme baigné de sérénité avait perdu son sang-froid. Soudain, un de ses assistants entra dans la pièce.

« Les Allemands acceptent nos conditions.

Komorowski passa ses mains sur son front, comme s'il était profondément soulagé, puis se tourna vers ses assistants.

« J'irai signer la capitulation dans le bureau du général Bach-Zelewski. C'est lui qui nous a vaincus.

Il se tourna vers ses collaborateurs et dit :

« Je veux que vous fassiez savoir aux rebelles que je les félicite pour leur comportement. Que chacun d'entre eux a fait son devoir. Ils méritaient plus de chance, mais je n'ai pas réussi à les mener à la victoire.

Puis il tendit la main à ses assistants. Ils ont serré la main droite de cet homme calme et froid. Puis, suivi seulement d'un officier, il se dirigea vers le pont Alexandre. Stychel, toujours sans voix, le regarda passer, la tête haute, rentré dans son manteau et se couvrant d'un chapeau noir.

Il avança avec un drapeau blanc jusqu'à l'autre extrémité du pont, où l'attendait un officier allemand avec une voiture. Ils montèrent jusqu'à lui, s'adressant au Komandatur. Le général n'ouvrit pas les lèvres pendant tout le voyage.

Arrivé à la Komandatur, il sauta à terre et entra dans le bureau où l'attendaient Schellenberg et Bach-Zelewski. Ils se tenaient tous les deux au garde-à-vous, inclinant la tête.

"Je pense que la raison de ma visite est très claire", a-t-il déclaré en allemand. Je souhaite conclure au plus vite.

Schellenberg lui montra une lettre écrite en allemand et en polonais. Bor-Komorowski l'a lu attentivement puis l'a signé, sans écarter les lèvres.

« Mon assistant donnera l'ordre que les rebelles se rendent dans une heure.

Bach-Zelewski s'est alors approché de l'autre. Ces deux hommes si différents l'un de l'autre, l'un fougueux et audacieux, l'autre froid et serein, se regardèrent un instant. Enfin, Bach-Zelewski a déclaré :

« Général, de même que j'ai cru de mon devoir de vous combattre avec tout mon enthousiasme, maintenant, de soldat à soldat, je peux vous dire que je vous admire et que je considère vos hommes comme l'une des meilleures troupes que j'ai rencontrées.

Bor-Komorowski s'inclina, reconnaissant du fond du cœur des louanges qu'il adressait à ses troupes au général ennemi qui les avait renversées.

CHAPITRE XX

FIN D'UNE AVENTURE

A l'heure convenue, selon l'ordre de Bor-Komorowski transmis par l'assistant, l'armée clandestine polonaise se rendit. Certains, en apprenant la nouvelle, tentèrent de s'enfuir, quittant Varsovie, pour rejoindre les partisans qui rôdaient toujours dans la campagne, prêts à poursuivre les sabotages et les combats clandestins. Parmi ceux-ci, la plupart ont atteint leur objectif, mais certains ont été capturés par les Allemands.

Les autres, menés par leurs chefs, se sont rendus et ont rendu leurs armes.

Des patrouilles allemandes avançaient dans les ruelles du Stare Miasto, se dirigeant vers les postes de commandement des secteurs. Les chefs les attendaient en silence et les traits contractés. De temps à autre, un coup de feu isolé retentissait encore, mais la grande majorité des partisans attendaient, bras dessus bras dessous, le moment de la reddition.

Les patrouilles allemandes se répandaient, tandis que les troupes rebelles se rendaient, rendaient leurs armes et formaient une vaste colonne qui se dirigeait vers la région de Komandatur.

Silencieux, vaincus, mais pas vaincus, les partisans marchent, gardés par la police allemande, vers les zones de concentration, pour être envoyés dans les camps de prisonniers.

Les troupes de Von Ritcher ont avancé sur le pont Alexander jusqu'au poste de commandement du colonel SS

Pierre s'approcha de la maison, à moitié en ruines, et demanda :

« Où est ton patron ?

Stychel sortit de la hutte en regardant son adversaire. Ses lèvres tremblèrent un instant, puis il répondit :

"Je suis.

Pierre et Stanislas se regardèrent. Tous deux semblaient épuisés, tant physiquement que moralement. Mais la mâchoire de l'Allemand victorieux se souleva avec fierté, tandis que les élèves du Polonais regardaient l'autre avec haine et fureur.

« J'attends la reddition de vos forces. Je suis lieutenant-colonel…

"Von Ritcher" interrompit l'autre.

Pierre hocha la tête.

« Exactement, colonel Stylchel.

Ils se regardèrent à nouveau, apparemment imperturbables. Tous deux savaient que l'autre n'ignorait pas qui était son interlocuteur.

« Vous connaissez déjà les clauses de la reddition signées par le général Bor-Komorowski. J'espère que vous vous y conformerez.

Stanislas hésita un instant, comme s'il ne savait que faire. Puis il se tourna vers Noraczewski et ordonna :

« Que la reddition commence.

Avant que les troupes ne s'y rassemblent, les Polonais ont avancé et ont rendu leurs armes. Puis ils se réunirent en groupes, et comme ceux-ci étaient nombreux, ils furent conduits de l'autre côté de la rivière. Stanislas et Pierre se regardèrent en silence, ne s'attendant pas à ce que l'un ou l'autre parle.

Soudain, un coup de feu part d'une fenêtre voisine, renversant un soldat allemand. Les « chasseurs » leur jetaient leurs armes au visage, se préparant à repousser l'action, tandis que quelques-uns tenaient leurs fusils sur les prisonniers et les partisans qui se rendaient. Pierre les arrêta d'un geste en indiquant :

« Va trouver celui qui a tiré. Les autres ne sont pas coupables.

Une patrouille monta jusqu'au bâtiment, tandis qu'à un signal de von Ritcher la reddition suivait. Au loin, des coups de feu isolés retentissaient encore. Des patrouilles allemandes avançaient dans les ruelles avec des armes montées, occupant les positions abandonnées par les partisans lors de la capitulation.

À certains moments, des voleurs et des voyous se sont lancés sur les bâtiments en ruine, confiants dans le désordre qui s'était formé à l'époque. Les troupes allemandes, aidées parfois par des partisans, poursuivent et arrêtent les voyous.

Enfin toute la colonne Stanislas fut désarmée et capturée. En groupe, elle a été transférée de l'autre côté de la rivière, pour être admise. Noraczewski et d'autres officiers avaient déjà déposé les armes et se préparaient à marcher. Seul Stanislas manquait à l'appel.

Peter se tourna vers lui, lui tendant la main.

"Colonel" dit-il", ses armes.

Un éclair de colère passa dans les pupilles de Stanislas et il porta la main à sa poitrine, dégainant un pistolet. Il a appuyé sur la détente, tirant nez à nez sur son rival. Le projectile passa inoffensivement devant le jeune homme. Peter s'est jeté sur le pôle, le désarmant.

Les "chasseurs" se retournèrent à la recherche de l'auteur du tir.

"Ce doit être un tireur d'élite", a déclaré von Ritcher. Puis il ordonna à Stanislas " : Viens avec moi.

Seuls, ils entrèrent dans le bâtiment. Stychel fixa le jeune militaire et, incapable de se contenir plus longtemps, s'exclama :

« Pourquoi tu ne me tues pas ?

« J'ai caché que c'était vous qui aviez tiré, dit von Ritcher.

Stanislas serra les mâchoires.

« Veut-il me tuer à mains nues ?

Peter sourit amèrement.

« Je l'aurais déjà fait. Vous m'avez donné des raisons qui me justifient auprès de mes patrons. Il m'a attaqué après la reddition.

Désespéré, Stychel cria :

« Je ne veux pas te devoir de faveurs !

Peter, imperturbable, demanda :

« Il y a quelques jours, vous avez essayé de me tuer au combat. J'ai donc eu une explication. Pourquoi veux-tu le faire maintenant ?

Stanislas s'humecta les lèvres.

"Pour la même raison. Ce n'était donc pas une coïncidence, ni une chance de la guerre. Je t'ai tiré dessus en sachant qui tu étais, parce que je voulais te tuer.

Pierre demanda calmement :

« Tu veux me dire pourquoi ?

Stychel le regarda un instant, puis dit :

« Vous avez tué une fille. Et je l'aimais.

Lentement, l'Allemand répondit :

« Je l'aimais aussi.

Stychel s'agita furieusement contre l'autre.

"Qu'est-ce que ça veut dire ?

« Ce que vous avez entendu. Je l'aimais aussi parce qu'elle était ma sœur.

Stanislas le regarda avec stupéfaction.

« Sa sœur ? Mais si elle était suisse.

L'autre secoua la tête.

« Non, Aleska von Ritcher était allemande comme moi. Lorsque le combat éclata, il fut offert à l'Abwehr. Je n'ai pas eu de ses nouvelles, à part quelques lettres, jusqu'à ce que je la voie à Varsovie il y a quelque temps. Je n'ai jamais entendu parler d'autre chose. Puis j'ai découvert qu'elle avait été envoyée pour localiser le poste de commandement du colonel SS afin que nous puissions le capturer.

Stanislas s'avança.

"Pourquoi blessez-vous votre mémoire ?

Peter secoua la tête avec regret.

"Blesser sa mémoire ? Mais ne réalisez-vous pas ce que cela signifie ? Elle savait qu'ils allaient prendre d'assaut le poste de commandement et elle s'est placée devant vous pour vous servir de bouclier. D'abord, il a rempli sa patrie et son devoir. Puis elle s'est conformée à vous , parce qu'elle t'aimait aussi. Je n'ai pas pu m'en empêcher, c'est apparu quand j'avais déjà appuyé sur la gâchette et je n'ai pas pu arrêter l'explosion. J'ai réalisé à ce moment-là. Elle voulait mourir avec toi, si quelque chose lui arrivait .

Stanislas baissa la tête. Il resta silencieux un instant, puis s'écria :

« Alors tout est différent.

Pierre hocha la tête.

« Nous l'avons déjà enterrée. Je vais bientôt partir pour le front russe. J'irai une dernière fois déposer des fleurs sur sa tombe. Si tu veux, je le ferai aussi pour toi.

Stanislas hocha la tête. Puis il tendit la main à Pierre, qui la serra silencieusement.

De la fenêtre, von Ritcher regarda Stychel rejoindre une colonne de prisonniers et s'éloigner sur le pont Alexander.

FINIR